毎日家に来るギャルが距離感ゼロでも優しくない2

著：らいと
イラスト：柚月ひむか

GCN文庫

CONTENTS

Mainichi ie ni kuru
Gal ga
kyorikan zero demo
yasashiku nai.

プロローグ ✖ ギャルが二人で終わりだと思った？ 残念三人目がいるんだよ

七月七日――始業前。

倉島《くらしま》教諭は職員室で一人の女生徒と、不機嫌そうな表情を隠そうともせず対峙していた。

椅子に腰掛けるこちらを、彼女は柔和な笑みを湛《たた》えて見下ろしてくる。倉島のデスクには提出課題と反省文の原稿が詰まれていた。

「お前な……これからはもっと慎んだ学校生活を送ってくれよ。俺の立場ってもんがなくなるだろうが」

「倉島先生は相変わらずですね〜。そういうところ、ワタシ意外と好きだったりしますよ」

真っ黒な長髪の下、男を挑発するような美貌を携え、目元の涙袋や黒子《ほくろ》のせいか、実際の年齢以上に大人びた印象を抱かせる少女。

左耳に空いたピアスの痕跡。どうせ職員室《ここ》を出たら規則などお構いなしにまた装着されるのだろう。制服も盛大に着崩されるに違いない。だがそれは別にいい。

今年になり担任と二学年の学年主任を押し付けられた。

倉島は自分の預かる学年の連中には大なり小なり校則など無視して思い思いの格好で生活

『させて』いる。締め付けたところで連中が素直に言う事を聞くことは稀《まれ》である。ならば干渉は適度に適当に。職員会議や警察沙汰になるような厄介事さえ持ち込まれなければ基本的に見て見ぬふり。それが倉島の生徒との距離感だ。

とはいえ彼の適当なスタンスがあまり教頭《じょうし》らのウケがよくないのも事実。しかし倉島からすればなぁなぁでやり過ごせる上からの小言より、生徒への対応を優先させる方がよっぽどこの職場で快適に過ごせると判断している。

が、今年は特に問題を抱えた生徒が自分に集中しすぎていやしないか……辞令を下した連中に物申したいところである。大方嫌がらせの類であろう。面倒事を避けるならその面倒事を押し付けてやれという、どこぞの誰かの意地悪い意志を感じずにはいられない。

そして、現在進行形で倉島は目の前の少女……2年3組所属、嗚無亜衣梨《おとなしあいり》に辟易させられているというわけである。

二年に進級してすぐに問題行動を起こした生徒。パッと見た印象からの清楚さとは裏腹に、彼女は倉島にとってある意味では不破満天《ふわきらら》より厄介な存在という認識であった。

「やめろ。これ以上問題を起こすな俺を巻き込むな。いいか。次同じことんなったら今度は停学じゃ済まないからな」

「は～い」

彼女の軽すぎる返事に倉島は頭痛を覚えた。いつもこうだ。彼女と話しているとキツネにつままれている気がしてならない。フワフワと掴みどころがなく、かつ男を魅了する仕草には質《たち》の悪いモノを感じる。

「ほんとにわかってんのかお前……」

「ええ、もちろん。でも……『向こう』から突っかかってきたら、どうしようもないですよね～？」

「はぁ……そうならねぇようにしろってんだよ、ったく」

「ふふふ」

聞いているのかいないのか、鳴無は年齢にそぐわない妖艶《ようえん》な笑みを浮かべてはぐらかす。

「しかしまさか不破よりもお前の方が反省文書くのを渋るとはなぁ」

この鳴無亜衣梨、一学期早々に不破といざこざを起こして二人して停学を喰《く》らった口である。

しかし不破が四月中に課題を（嫌々ながらも）提出してきたのに対し、彼女は六月末まで再三の課題提出も反省文の執筆も渋り、七月に入りようやく登校してきたわけだ。正直、既に退学していてもおかしくないところなのだが……そこは大人的な事情がいくらか絡んでいた、とだけ言っておこう。

「そうは言いますけど倉島先生。ワタシ、あの時の件はいまだに自分が悪いなんて思ってませんので。なのになんで反省文を書かされる必要があったのか、甚《はなは》だ疑問です」

「お前よく職員室でんなこと言えるな。何度も言ったろ、『喧嘩両成敗』だ」

「それが納得できないんですが……まぁいいです。いい加減家にいると親がうるさくなってきたので。そろそろ年貢の納め時かな～、とは思ってましたし」

鳴無はさも心外だと言わんばかりの態度。反省の色は皆無。しかしここで何か諭したところで、彼女の心どころか、耳にすら届きはしない。倉島はそんなことよりも彼女……もとい、彼女『たち』がこれ以上問題ごとを起こさないことを願うばかりであった。

「そう言えば、きらりんは元気にしてますか？　ワタシがいない間、案外あの子も寂しがってたりなんて」

「不破か？　知らねぇよ。知りたきゃ自分で訊け」

「酷《ひど》い先生ですねぇ。あの子の担任じゃないですか。喧嘩した生徒たちの仲を取り持とう、くらい思えないんですか？」

「お前が『本当の本気』で俺の協力が欲しいってんならやぶさかでもねぇけどな……？」

「……」

彼にしては珍しく本気の発言だ。

倉島と鳴無の視線が交わる。直後、彼女は「くすっ」と妖しい笑みを零し、

「冗談です。自分で蒔いた種くらいは自分でちゃ～んと回収しますので」

「そうかよ。なら是非ともそうしてくれ」

それきり、倉島は「しっしっ」と追い払うように鳴無を職員室から追い出した。

廊下に出た鳴無は「失礼しました～」と軽い調子で手を振り、扉を閉めると軽快な足取りで職員室から遠ざかる。扉が閉まる直前、倉島が呆れながらため息を吐《つ》く姿が見えた。

「さぁ～て。教室に行く前にちょっと情報収集しておこっかなぁ」

移動しながら首もとを圧迫していたシャツのボタンを大きく開き、スカートの丈を短くする。ポケットに忍ばせていた十字架のピアスを取り出すと、彼女は左耳に着けて満足そうに胸を張る。

「待っててねぇ、き～らりん♪」

七月七日、今日は七夕。年に一度、星の海で別れた恋人が再会する日。

が、甘く切ないラブロマンスのような再会劇になるかどうかは、現状ではひどく怪しいと言わざるを得ない。

いっそ、顔を合わせた直後に殴り合いの取っ組み合いが繰り広げられかねない気配さえ漂っているかのようだった――

◆

――同日。放課後の校内……

「ねぇ、宇津木《うつぎ》君」

首に回された腕。吐息が触れそうな距離にまで迫る妖しい美貌。

「よかったらワタシとキス、してみたくない？」

人けのない空き教室。カーテンも閉め切られた薄暗い空間で……太一《たいち》は、知り合ったばかりの少女に覆い被さり、下から見上げて来る妖艶な笑みに翻弄された――

第一部 ✖ よくあるミステリーとかでやたらもったいぶる感じのヤツ

——人間、案外なんにでも慣れることができる生き物らしい。

七月七日。早朝六時——日課のランニングにて。

「だっはぁ～……ねぇ、なんでウチまでこんな強制労働させられてんだよ～」

「おらおらガンバレ～w。元運動部～w」

「それ、中学んときの、話っ……現役で走ってるお前らと、一緒にすんな～」

太一の横で、陸《おか》に打ち上げられた魚よろしく息も絶え絶えの霧崎麻衣佳《きりさきまいか》。黒のセミロング、毛先に行くほど赤のグラデーションがかかった髪からは汗が滴っている。

「ひとの秘密勝手にバラした上にからかってきた罰だし。しばらくマイにもアタシらのランニング付き合ってもらうから」

二人の前を走る少女。ガッツリ染めた金髪。朝日を受けて銀のピアスが耳で光る。不破満天。普段は背中に流している長髪を、今は邪魔にならないよう一括りにまとめている。彼女が口を開くたび、舌のピアスがチラとその存在を主張する。

「そ、それはあん時に謝ったじゃ～ん。てか人の可憐なお尻にタイキック決めといて、まだしごくとかあんた鬼か～。ねぇ～ウッディ～。タスケテ～」

霧崎の泣き言が朝霧に濡れる町内に彩りを添える。話を振られた太一は、

「頑張ってください。最初はキツいかもですけど、しばらくしたら慣れますから！」

「こんの役立たず～！」

「あははっ！　宇津木。あんたやっぱズレてるわｗ」

不破はケラケラと上機嫌に笑いながら先を行く。

ちなみに、霧崎に不破の（太った）写真が渡ったことを知った彼女から、太一もまとめて折檻を受ける羽目になったのはいうまでもない。結局、不破は二人のスマホを奪った挙句にデータを消去。が、霧崎も太一も、クラウド上にデータがしっかりと保管されている……自動バックアップ機能って便利だね。

しかし、霧崎も文句を言いつつ二人に付いて来られるあたり、基礎体力はあるようだ。

五月にあった矢井田《やいだ》栞奈《かんな》との衝突に端を発して始まったダイエット。それも無事に達成し、今は自主的に体型維持のため走っている。

……ほんと、変わったよな～……オレの日常。

この妙にバグっているように思えて仕方ない関係性に苦笑しながら、太一は日課となったランニングを消化していった。

◆

先日に起きた教室での不破と西住《にしずみ》の一件以来、クラスの間には非常に微妙なナニかが漂っていた。

五月のはじめ――クラスの中核的ギャルである不破と矢井田が教室内で衝突。

まぁ実際は衝突といっても、太ってしまった不破が矢井田に一方的にこけにされるというワンサイドゲーム状態だったのだが。

それを切っ掛けに、不破の下へはダイエットの神が降臨。だがしかし……同時に太一に対する疫病神までをも同伴させてきたのはいまだに許されざる所業である。

結果的に不破はダイエットに挑み、これに成功。矢井田に奪われたカーストトップの座を簒《さん》奪《だつ》。再びヒエラルキーの最上層に返り咲いたわけだ。

しかし、これで「めでたしめでたし」と終わってくれればよかったのだが……

太一のジェ○ソンコス乱入事件がもとで、事態は少々ややこしい方向へ。

まず、自分のしてしまったことを謝罪した太一に対し、西住は制裁を加えようとした。しかし、不破がそれを止め、場の空気を煽っていた矢井田もろとも西住をやりこめてしまったのだ。

教室内で男女それぞれに影響力を持つ二人……不破と西住の関係が完全に決裂。現状、クラスは男子と女子で真っ二つに分かれることになってしまった。

不破のことを快く思っていない女子は一定数いるものの、彼女に目を付けられることを恐れてか、男子と関わることは控えている様子。

逆に男子サイドも、西住のグループが不破を敬遠している煽りを受け、女子全体に対して距離を取るようになっている有り様だ。

いつでもどこでも、クラスカーストやヒエラルキーのトップが周囲に良くも悪くも影響を与えてしまう典型例である。迷惑なことこの上ない。

が、そんな中にかなり特別な立ち位置にいる生徒が一人……

「宇津木～。次の英語の課題見して」

「またですか？　いいかげん自分でやってきましょうよ～」

「めんどい。宇津木がやってんなら別にいいじゃん」

「課題ってそういうものじゃないですから……」

渋々といった様子で不破にノートを手渡す太一。すると……

……し、視線が。

宇津木太一。彼は現在、クラスメイトから異様に関心を集めていた……鑑賞される珍獣のような気分を味わえて涙が出てきそうだ。

しかしこの注目も無理からぬこと。渦中の真っただ中、不破と現状で唯一まともに交流しているい異性が誰あろう、この太一なのだ。男性サイドと女性サイド、どちらにも影響を及ぼしかねない、非常にありがたくないポジションを獲得してしまったわけである。

ここで仮に、男子側の誰かが太一に接触しようものなら、すぐさまその誰かは『女子に媚《こび》を売ろうとしている裏切者』のレッテルを貼られた挙句、仲間内からハブられることになりかねない。

逆もまた然り。女子の誰かが太一と仲を深めようとしようものなら、その娘《こ》は身内から『男子に色目を使う卑しい女』として、結束力の権化たる女子グループからはじき出されることになるだろう。

今のところ、太一になんの憂いもなく接触してくる異性はクラス内で不破のみ。彼女のクラス内でのヒエラルキーが、限りなく上位であるからこそ許されている行いと言える。

現状、太一がどう足掻《あが》いてもこの事態からの脱却は難しく……彼の胃が常に槍で突かれているような状況は、これから先もしばらく続くことになるだろう。悲しいね。

……クラス替えしたい。

太一の願いは、随分と切実であった。

◆

同日。昼休み——

「うわ～……やっちゃった」

バッグの中を確認した太一はしまったという顔をする。いつもなら奥の方に押し込まれているはずの、青い刺繍が入った包みが見当たらない。

「おう宇津木～。メシ食おうぜ～」

「あ。不破さん……」

「今日はこいつらも一緒だけど、別にいいっしょ？」

声を掛けてきた不破の背後。そこには三人の女子。彼女たちは不破のグループに所属している、所謂《いわゆる》クラスのカースト上位に位置する生徒たちである。

ほとんど話したこともない相手。しかも三対の瞳はこちらを値踏みするかのように見つめてくる。

加えて、教室内の視線が太一に集中。一気に居心地が悪くなった。

「あの……すみません。お弁当、忘れてきちゃったみたいで」

「マジかよｗ。宇津木めっちゃドジじゃんｗ」

「はい。なので、ちょっと購買部の方に行ってきます」

「は？　いや別に弁当くらいアタシのヤツ――」

「すぐに戻りますから」

「あ、おい！」

不破の制止を振り切って教室の外へ。学食へ向かう傍《かたわ》ら、思わずため息が口をつく。

「はぁ〜。さすがにちょっと強引だったかなぁ……」

とはいえ。

……あの空気の中で昼食ってのはなぁ。

グループの女子やクラスメイトからの視線を浴びながらの昼食など、とても喉を通るとは思えない。正直、弁当を忘れてきたのは渡りに船だった。

陰キャじゃなくても、あれだけの視線に晒《さら》されたら大抵の人間は気持ちが落ち着かない。

……まぁでも……いつまでも逃げ続けるわけにはいかないよなぁ。

教室の空気からも。不破の友人からも……

今の状況を招いた責任の一端は間違いなく太一にもある。

六月末に起きた不破との小さな諍《いさか》い。太一を『友』と言ってくれた不破を前に、自分の無様を晒した挙句に仲違《なかたが》い……

そんな情けない自分が嫌で、どうにか己を変えたいと行動を起こした。一時は不破との関係も終わりかと思われたが、なんとかギリギリで彼女との付き合いは継続されている。

かろうじて繋ぎとめた不破との関係。それを自分から手放すようなことをしていては本末転倒というものだ。

たとえどれだけ無様を晒そうと『行動する』ことの重要性は理解したはずではないか。

そもそも、よほどの重大事項でもなければ、大抵の物事などリカバリー可能なのだ。それは先日の不破との件でも証明されている。

……せっかく不破さんから誘ってくれたんだし。

どうせなら気分を前向きに。結局このあと否でも応でも教室に戻らなくてはならないのだ。

「ふぅ……とりあえず購買行こ」

現状で最も優先されるのは不破との関係性を守ること。まったく、ダイエット中は彼女との関係解消を願っていたというのに、なんとも滑稽な話ではないか。

しかし、そうして予期せぬ事態が日常に転がっているからこそ、人生はどうしようもなく、辛《つら》く苦しく——面白い。

◆

「うわぁ……」

予想通りというかなんというか。学食は相も変わらず混迷を極めていた。

券売機の前は人の群れで溢れ、奥に見える購買はもはや怒号が飛び交う戦場の様相を呈している。完全に出遅れた。

食欲モンスターである成長期真っ只中の彼らにとって飯とはまさしく奪ってでも獲得しなく

てはならない代物なのである。

太一は「う～ん」とあの人波にもみくちゃにされてまでお昼にありつくべきかどうかを思案
……しかし彼の胃袋は「早くなにか入れろ」と抗議の声を上げている。

……行くか。

あまり気乗りはしないが仕方ない。太一は渋々といった体《てい》で足を一歩前に。

「──あちゃ～……出遅れちゃったか」

と、先ほど入ってきた学食の入り口から声がした。咄嗟に声の出所を振り返る。

一瞬、言葉に詰まった。

そこにいたのは、妙に大人びた印象の女生徒だった。

不破とはまた違ったベクトルで整った容姿の持ち主。濡れ羽色の長い髪が、彼女の動きに合わせて柔らかく揺れる。黒く、暗く、深い穴を思わせる瞳は戦場と化した購買に向けられていた──

「っ」

ふと、彼女と目が合った。少女は太一の姿を見ても怯えた様子もなく、どこか蠱惑《こわく》的とさえ思える笑みを湛えて一歩近づいてくる。

「君も購買組？」

「は、はい……でも、あの調子じゃほとんど商品は残ってなさそうですね」

「同感」

少女は「あ～ぁ、失敗したなぁ」と独り言《ご》ちる。

辺りを見回してもほとんどの席は埋まってしまっていた。食券を買ってもこれでは立ち食い確定だ。尤《もっと》も、学食で立ち食いをしている生徒など見たこともないが。

「ダメもとで行ってみるかな」

名も知らぬ少女は「ふぅ」と悩ましい吐息と共に荒れ模様の購買へと近づいていく。

すると、彼女の存在に気付いた幾人かの生徒がその視線を少女に吸われる。男子はもちろん、中にはハッとしたように息を呑《の》む女子生徒の姿も。

太一も少女の背中にしばし目を奪われつつ、自分がここに来た目的を思い出して彼女の後を追う。

押し合いへし合い、必死の形相で戦利品に手を伸ばす生徒という名の亡者共の壁。

「う～ん。これは……」

すると、先ほどの少女は腰に手を当てて、綺麗に整った眉根を寄せていた。

「はぁ……これは無理かなぁ……今朝《けさ》は食べ損ねたから、お昼はって思ってたのに……」

誰にともなく呟きを漏らす少女。腹に手を当てて明らかに落胆しているご様子。

「あの……」

「ん？　あぁ、さっきの。なに？」

「えと……よかったら、何か買ってきましょうか?」

「なんで?　まぁ頼めるんなら頼みたいけど」

「朝も抜いて、昼もっていうのは、その……ちょっと辛いかな、って」

最近は食生活にも気を遣うようになった太一。学校生活というのもそれなりにハードである。朝食を抜いたというなら、せめて昼くらいは食べたほうがいい。

お節介とは思いつつ、気づけば太一は少女に声を掛けていた。これもあるいは、不破たちと接してきた影響が出てきたのかもしれない。

「でもこの混み具合だよ?　大丈夫なの?」

「う〜ん……ギリギリ、なんとかなる、かな?」

「ふ〜ん」

怪訝《けげん》そうに下から見上げてくる黒髪の少女。そりゃいきなり声を掛けられたら警戒のひとつもするというものか。いや……それ以前に、太一の顔面に張り付いたナイフのような目つきで近づかれただけで、通報されかねない。まったくどこのどいつの遺伝子なんだか。

「じゃあ、お願いしようかな。はい、これ」

少女はスカートのポケットから五〇〇円硬貨を取り出して太一に手渡した。

「あまりゲテモノじゃなければなんでもいいから」

「わかりました」

手にした五〇〇円玉を握りしめて生徒の壁を見やる。気合いを腹に込めて表情を引き締める。足を一歩踏み出し、ミッチミチの肉壁に向かって突撃を敢行――したのだが。

「なんだよお前、押すな――ひぃ！」

直後、前にいた生徒の幾人かが振り返り、強引に体をねじ込んできた太一の姿を視認。小さな悲鳴が生じた。それは連鎖的に集団の奥へと届き、「なにごと？」と後ろに首を回した生徒はギラギラと危険な光を帯びた（ように見える）眼光を前に慄《おのの》き……。

「……？」

生徒が左右に散っていき――結果、彼と購買の間に道ができた。チープなモーセの海割り現象の出来上がりである。

太一は左右に視線を揺らすも、誰も購買に近付かない。「いいのかな？」と首を傾げつつ、おそるおそる前に出る。

「あの、これと……これ」

「はい、まいど」

購買を担当していたのはよぼよぼのおばあちゃんだった。目が悪いのか、太一の姿を前にしても普通に接客をしている。

ワゴンに残っていたのはたまごロールとハムサンドというシンプルなラインナップ。太一は少女の分と合わせて一種類ずつ購入。

「どうも」

おばあちゃんに頭を下げて購買を後にした。なんとなく気勢をそがれたような気がしなくもないが、ブツが手に入ったのでオールＯＫということにしよう。

少し離れた位置で少女は太一を待っていた。壁に背を預け腕を後ろで組む姿がやたら様になっている。

「お待たせしました。これ……どっちにしますか？」

「……」

戦利品（不戦勝）のたまごロールとハムサンド（値段は一緒）の内、どちらかを彼女に選んでもらおうとしたら、なにやら少女はじ〜っと太一を見上げてくる。

パッチリとした瞳に長いまつ毛の影が落ち、間近に見える目元には涙袋と泣き黒子。ただ視線が合うだけで心臓が高ぶり、思考を鈍らせるかのようだ。

「あ、あの……どうかしましたか？」

「……ふふ。君、なかなか面白いね……ちょっと、気になっちゃうかも」

唐突に紡がれた少女の言葉に太一は驚く。しかし——そんな彼のことなどお構いなしに、少女は太一の手からたまごロールを受け取る。

「じゃあ、これ。ありがと。君、見た目のわりに優しいんだね」

「は、はぁ……どういたしまして？」

「あのさ、よかったら放課後、また会えないかな？」

などとのたまい、人好きするような、あるいは妖しい笑みを口元に湛えて、彼女は踵《きびす》を返す。

首だけで太一を振り返り、

「ホームルームが終わったら、西棟二階の空き教室で待ってるから……君が来るまで、ね」

——宇津木太一君♪

太一の返事も待たず、彼女はまるで消えるように学食の外へ出ていった。

油切れを起こした歯車のような頭で、太一が脳裏で思ったことは、

…………オレ、あの子に名前、教えたっけ？

◆

教室に戻ってきた太一は冷や汗を掻き、逆に口の中をパサつかせていた。

……き、気まずい！

現在、太一は不破のグループに属する三人の女子と、机を合わせてまるで面談のような格好で向かい合っていた。

思わず隣に座る不破に視線を向ける。しかし彼女は、

「お前らなにじ〜っと見つめ合ってんだよw。お見合いかってw、あははははっ」

こんな状況を作りあげておきながら、ケラケラと笑っておられる始末。その口にさっき買ってきたハムサンドを突っ込んでやりたい。パッサパサのパン生地で口の中が乾いてしまえ。三人の警戒するような視線が集中砲火のごとく浴びせられる。太一は今にも吐きそうになっていた。

クラスカースト最上位、不破の属する女子グループの面々である。

太一から見て右から順に、布山美香《ぬのやまみか》、伊井野千穂《いいのちほ》、そして最後に会田蛍《あいだけい》。

不破の友人だけあって、全員なかなか苛烈に派手な見た目をしている。

髪を脱色したり逆に染めたり、肌の見える箇所には何かしらアクセサリーを光らせる。付け爪が指先を彩り、よくわからん謎のマスコットが制服のスカートからぶら下がる。

もはや校則違反の見本市。さながらデコレーションのフルアーマー。

とにもかくにも居心地が悪くて仕方ない。いつもゲラゲラと声を上げて笑っている姿をよく目にする。なにがそんなにおかしいのやら。

周りの迷惑なんのその、見た目だけで周囲を威圧する様はまさしく圧制者の貫禄。

さすがは不破の所属するグループの女子、ヒエラルキーの上位者たちである。

太一の緊張はもはやピーク。顔は完全に強張り、元から凶悪な顔が無駄にその迫力をマッシマシ。傍《はた》から見れば相手をねめつけている様にも見える。

「ねぇちょっと。なんか宇津木こっちめっちゃ睨んでんだけど。何？　ウチらなんかした？」

と、会田が不破に耳打ち。怪訝そうな友人の様子に……しかし不破は手をヒラヒラと振って、

「だいじょぶだいじょぶｗ。こいつガッチガチに緊張してるだけだからｗ。別に噛んだりしねぇから安心しろってｗ」

「いやそういう問題じゃねぇし……」

全部丸聞こえである。

……オレは犬か何かか。

もう少し言い方というものがあるだろうに……今更か。逆に不破が綺麗な物言いをするというのもそれはそれで不気味だ。全力で救急車案件である。

それでも太一はぎこちなくも愛想笑いを浮かべる。

しかし、そこに浮かんだのはどう見ても人を一人か二人はどこぞの海に沈めていそうなやんちゃしている人間のソレである。

「てか宇津木今日そんだけ？　あんたそれで足りんの？」

居心地悪く頬を強張らせる太一に、不破がぐっと身を寄せて彼の手元を覗き込む。無防備に無警戒に体をくっつけてくる彼女。しかし……太一も数ヶ月、彼女の接し方に触れてきて、いい加減慣れてきた。

というより、不破はもちろん、太一もお互いを男女として意識していないこともあってか、いまいちラブコメのようなドキドキした空気にならないという……

「ったく、しゃあねぇな～。ほらアタシのおかず、ちょい分けてやっから。んなサンド一個だけで、ぜってぇ午後に腹鳴っから」

などと、不破は自分の弁当箱（宇津木家から拝借）の蓋におかずを小分けにして載っける。

「あ、ただしそっちのサンド半分もらうから」

そして太一の手からサンドイッチをひったくり、包装を乱暴に開けると二切れのうち一切れを、有無を言わさず我が物とする。

きっちり半分こ……なわけがない。明らかに不破の方がトータルの量が多い。正直サンドイッチ二切れより少なくなってないかコレ？

……まぁ弁当を忘れたのオレだし。

そもそも、あの不破がこうして自分の物を分けてくれるだけ、それなりに関係が進歩したとも言えるか。ちょっと前なら問答無用で全部持っていかれていた可能性大である。

二人のやりとりをパック飲料片手に眺めていた伊井野が口を開く。

「……あんたら同じ弁当つつき合うとかさ～……マジで付き合ってるわけ？」

「はっ？　んなわけねぇだろ！　こいつん家《ち》でメシ食わせてもらってんだから、それなりに気い遣うだろ普通」

「ふ～ん……」

なにか言いたそうな様子の伊井野だったが、それ以上は追及せず「てかさ～」と話題を変えてくる。

「マジでキララ体形戻すの早かったよね。軽くビビったんだけど」

「あ〜、確かに〜。あと急に弁当持ってきたりさ〜。おまけに自分で作ってるとか〜？」

布山はマイペースに口を開きながら不破の手元を見つめる。

「てか、宇津木もだいぶ印象変わったよね。なんていうか……まぁイカツイ感じ？」

会田が横目で太一を見やる。ある意味、不破以上に外観が変化したのは太一であろう。

ぽっちゃりしていた体形は見事に絞られ、伸びっぱなしで適当だった髪は短くカットされキチンとセットされている。なにより目元の印象が劇的ビフォーアフターされすぎて、変化を間近に見てきたクラスメイトでさえ、宇津木本人かどうか疑っていた。

「やっぱなんか秘訣とかあんの？　あたしも最近ちょいヤバい感じでさ〜」

伊井野が二の腕を摘まんで愚痴をこぼした。太一からすればまるで気にならないレベルの肉の付き方だが、やはり女子はその辺り敏感な様子だ。

「秘訣つっても、ダイエットのやり方とか調べてたの、全部コイツだしな〜……」

不破は太一から奪取したサンドイッチを頬張りながら隣の相方に視線を向ける。

すると伊井野が「マジっ!?」と食い気味に太一の隣に椅子ごと移動してきた。

「なぁなぁどんな感じでダイエットしたわけ？　てかこうなんかさ、手っ取り早く痩せられたりとかしないの？　一週間とかで！」

「い、いえ……その、手っ取り早く、ということになると……かなりハードな節食とかトレーニングになるかと……」

実際、短期で体を絞る方法がないわけじゃない。太一もそのあたりは調べたことがある……が、それを達成するにはそれこそ『ダイエットのための生活』をガチガチに徹底する必要があり……正直ハード過ぎるとしか言いようがない。

「そっか～……でもやっぱり夏本番までにはこのたぷんたぷん揺れるもんを取りたいわけよ～。ほれ触ってみ～。めっちゃ贅肉って感じだから～」

「えっ!?」

と、いきなり伊井野が二の腕を太一に近づけてきた。白く健康的な肌。薄く静脈が透けているのが妙に生々しい。

不破以外のギャルとの急接近に太一が戸惑っていると――ダンッ！

「いっ!?」

「宇津木、鼻の下伸びてキモい」

机の下で足の甲を静かに……しかし思いっきり踏まれた。なにをしやがるこの女！

ぶすっとした様子の不破。そんな彼女の姿に伊井野は半眼になり、すぐに太一から身を離すと「なんちゃって～」と元の位置に戻っていく。

「冗談だよ、冗談ｗ」

烏龍茶
ぐり
ぐり

「宇津木反応よすぎだしｗ」

伊井野と会田が太一をからかい、布山はぼ～っとそんなやりとりを眺めていた。

「まぁでもダイエットしたい、ってのはガチだからさ。そん時は色々と相談よろ～」

「は、ははは……はい」

苦笑交じりに曖昧な返事で応じる太一。彼の隣では不破が仏頂面を浮かべながら、手にしたパック飲料のウーロン茶を、ベッコベコに潰れるほど吸い込み……見えない机の下では、なぜか太一の足をグリグリと踏みつけ続けていた。

◆

「はぁ～……」

不破のグループとの昼食をなんとか乗り切った太一。

しかし何故《なぜ》かそのあとから不破の機嫌が妙に悪く、『今日スーパー寄ってからあんたん家行くから、先帰ってて』とそっぽを向かれた。

訳がわからない……不破の行動はいつも予測不能だが、今日は輪をかけて意味不明だ。

放課後。不破とは今回別行動。こういうことはこれまでにも何度かあった。が、今日はいつもと何か違う。ただ、何がどう違うのか、具体的にそれを説明するのは難しい。

霧崎も今日はバイトらしい。最近は何かと騒がしく、こうして放課後に一人きりというのは久しぶりな気がする。

……なんか毒されてきた気がするなぁ。

廊下や別クラスの教室、窓の外に広がる校庭や、緑が映える中庭は、複雑に絡み合う人の流れで埋め尽くされていた。

部活で青春する者、友人とたむろし無駄話で盛り上がる者、どつき合いでバカしてる者、男女で仲睦まじく寄り添う者、そそくさと帰路に着く者……

皆、視界の中で各々の自分を演出し、好き勝手に現れては消えていく。

太一とすれ違った生徒は少しギョッとして道の端に寄ったり顔を逸らしたり。

別に何かしたわけでもない。しかし不破に付き合わされてダイエットを果たした太一は、生来の三白眼がきつく際立つようになり、彼を知らない人間からは、不破とつるんでいるガラの悪い生徒、と勝手に認識されるようになってしまった。全くもって迷惑な話である。

せめてもの救いは、彼がこじらせボッチであるが故《ゆえ》に、自身の現状をほぼ把握できていないことか。自分が赤の他人から避けられているなどとはまるで思い至っていない。喜べばいいやら涙すればいいやら判断に困るところである。

が、さすがに自分の目つきが他より悪いことはいい加減太一もわかってきた。あとは時間の問題。尤も、太一が自分で他人に避けられていることに気付くのが先か、或いは周りの生徒が太一の本性に気付くのが先か。

東西それぞれに設置された階段の内、太一は西側の階段を下る。

……まぁ、からかわれただけだとは思うけど。

昼休み――学食で『偶然』顔を合わせた少女。彼女は別れ際、太一に向けて、

『ホームルームが終わったら、西棟二階の空き教室で待ってるから』

などと耳に残して去っていった。

今日知り合ったばかり。胸元のリボンや上履きの色から同学年であることはわかる。だがクラスも知らなければ、その人柄も性格も……なんなら相手の名前すらわからない。

しかし、彼女はこちらの名前を知っていた。

……どこかで会ったこと、あったっけ？

記憶を引き出し、掘り返し、時系列順に並べて検索エンジンに掛けてみる。が、これまで孤独な高校生活を送ってきた彼の悲しきメモリーに、彼女のような忘れがたい女性の姿がヒットすることはなかった。

『ちょっと、気になっちゃうかも』

その言葉に含まれる意図とは。果たして彼女は本当に空き教室で自分と会うつもりなのか。

まぁ十中八九イタズラだろう……

あれだけの器量の持ち主、太一を美人局《つつもたせ》のターゲットにして金銭を巻き上げようと画策して

いると言われたほうがまだ信憑性がある。

「……行ってみるしかないか」

はてさて盛大に空振るか、あるいは鬼が出るか蛇が出るか……まぁ鬼のような金髪ギャルとは毎日のように接しているのだ。怒鳴る殴る蹴るなど、理不尽がデフォルトな相手に比べれば……イタズラ目的で呼び出されるくらい可愛いモノか。

仮に怖いお兄さんが出てきても、この鍛えた脚力で全力ダッシュを決めれてやればいい。

西階段は昇降口から距離があるため生徒の姿は少なく閑散としている。

静かな空間に太一の上履きがダンズリ、ダンズリと二つの音を刻んだ。

階段から外れて廊下に出る。しばらく進んだ先に、彼女はいた。

窓から差し込む日差しをまるでスポットライトのように浴びて、壁に背を預けて誰かを待つその姿が奇妙なほど様になっている。見たところひとり。他に誰かいるような気配は感じられなかった。

改めて少女を見やる。爪を気にするように指先を見つめる瞳。物憂げに佇《たたず》む彼女のことが、太一にはやけに大人びて映った。

彼女は顔を上げてこちらに気付くと、微笑を浮かべて軽く手を振ってきた。

「こんにちは」

背に流れ、頬にけぶるような艶《つや》やかな黒髪、年齢不相応に色香を宿した目元、蠱惑的な唇……顔を合わせるのは二度目。それでも太一は息を呑む。

喧騒から遠く離れた廊下で二人きり。対峙した少女の姿を前に思う——

ここまで男にとっての『理想的』な女性像というものがあるのかと。

美と愛にパラメーターが存在するなら、彼女はきっとどちらも極端に数字が振り切れているに違いない。

「来てくれたんだ。正直、来ないと思ってた」

「まぁ、本当に待ってたら、悪いですし」

「ふふ……君ってほんとにお人好しなんだね……ワタシ、まだ名乗ってもいなかったのに」

少女は艶のある笑みを口元に浮かべて、太一に近づいてきた。

「あの、それでオレに何の用ですか？」

果たして、彼女は何の目的で太一をここへ呼び出したのか。

まさかイベントフラグの回収などとは言うまい。あまりにも性急すぎる。それ以前に、どこで建築されたかもわからない、出所不明のフラグを握るとか怖すぎないか。

まるでブリッツクリークでも仕掛けられている気分になりそうだ。

いっそ『冗談でした』とバカにされる方が、よっぽど太一にとって精神的ダメージが少なく済む可能性すらある。

「ここじゃなんだし。話すなら中でしようよ」

少女は離れ、空き教室の扉を開けて太一を中へと促す。

室内はカーテンが引かれ、奥に机と椅子が積み上げられていた。教卓や黒板は薄くホコリを被っている。あまり人の出入りはないようだ。

薄暗く、しんと静まり返った空間。随所に見られる雑多な物が詰め込まれた段ボールの存在が、ここが物置であることを物語る。

空き教室の存在は知っていたが、実際に訪れるのは初めてだ。

太一は先に教室の中へ。後から続いた少女は背後で扉を閉め、太一を追い越すとくるりと向き直り視線を合わせてきた。

「はじめまして。わたしは鳴無亜衣梨。君と同じ2年、クラスは3組。よろしくね」

「よ、よろしくお願いします。あ、オレは」

「知ってる。宇津木太一君、だよね」

「え？　あの……なんで……」

「君のことを知ってるのか、って？　宇津木君、最近じゃちょっとした有名人なんだよ？」

「オレが、ですか？」

「そ。不破満天が最近やたらと絡んでる、すっごい目つきの悪い生徒がいる、ってね。名前は宇津木太一君。それ、君で間違いないでしょ？」

「まぁ、たぶん？」

「ふふっ……たぶんって。自分のことなのに他人事《ひとごと》みたいに言うんだね」

大人な見た目であどけなく笑う鳴無。その絶妙なアンバランスさが、より彼女の魅力を引き上げる。

「ここ、少し埃っぽいね。宇津木君はアレルギーとか大丈夫？　ハウスダストとか」

「大丈夫です」

「よかった……ねぇ、宇津木君」

途端、鳴無はまるで掬《すく》い上げるように下から太一を見上げてくると、

「君ってさ、一目惚れとかって……したこと、ある？」

「はい？」

意味がわからず首をかしげる。いや、質問された内容が理解できなかったわけじゃない。なぜ自分にそんな問い掛けをしてきたのか、彼女の真意に首が傾いたのだ。

「……まだ……ないですけど」

「そうなんだ。じゃあ、誰かと付き合ったことは？　もちろん、男女関係として」

「そ、それも、ないです」

「ふ〜ん。そうなんだ」

二つ目の質問の後、彼女は口元と目元を柔らかく緩め「よかった」と呟いた。

「宇津木君ってさ、ちょっと独特の雰囲気あるよね。なんていうのかな……見た目はすごく男

らしいのに、オラついてないっていうか。どこかほわっとした和《やわ》らかい感じっていうかさ」

後ろ手に腕を組み、僅かに差し込む日差しを受けて耳のピアスが鈍く輝く。決して小綺麗とは言い難い教室ではあったが、カーテンの隙間からの陽光をバックに背負った彼女を前にしていると、こんな場所でも幻想的に見えてくる。

「自分で言うのもなんだけど、ワタシってそこそこモテる方なんだ」

「はぁ？」

おいなんだいきなり自慢話か、喧嘩売ってんのか？　そもそもあなたがおモテになるだろうことは容易に想像できるよ、これで「全然」とか言い出したらむしろ詐欺罪で訴えるレベルだ。

「でも、ワタシって男運ないのかなぁ……言い寄ってくる相手に碌《ろく》な性格なのがいなくてねぇ……だから、恋愛とかってうまくいったことないんだ」

が、太一のトゲトゲヤっとな心境などお構いなしに、まだ話は続くようだ。

なんだろう。不破の時とは別のベクトルでさっさと帰りたい気分になってきた。

「なんかごめんね。急にこんな愚痴なんか聞かせちゃって。でも、うん。なんていうのかな。宇津木君には誤解なく、全部のワタシを知ってほしいなって、そう思っちゃって……」

身近にいるモデル業をやってた人間のことを思い出す。不破もなかなかに整った容姿持ちだ。しかし、それが原因で言い寄られ、結果イラついて見事におデブにジョブチェン。

そう考えると、見た目が良すぎるというのも善し悪しらしい。

「まぁ、美人な人って大変そうですよね。好きでもない相手に言い寄られてイライラしたりとか、色々と」

「………へぇ」

と、なにを思ったか、鳴無は太一を覗き込むように顔を近づけ、

「うん……やっぱり、君がいいかな」

思わず迫ってきた美貌に、心臓が大きく跳ねる様に鼓動を刻む。

「ねぇ、訊いてもいい？　……宇津木君的に、ワタシって……アリだったりする？」

「あ、アリ？　……それは、あの……どういう意味で……」

「わからない？　それともわかってて訊いてる？　君って意外と策士？　どういう意味か、なんて……それを、女の子に言わせたい人なのかな？」

どこか妖艶な気配を漂わせて鳴無は微笑《ほほえ》む。

「正直に言っちゃうと、ちょっと疲れちゃったんだ……男の人に何度も告白されて、何度も断って……そのたびに、クラスの女子から嫉妬とかされたり、もううんざり……」

太一よりも小さな身長。こちらを見上げてくる黒曜石を彷彿とさせる瞳は、まるで深い穴のようであり、同時にこちらの姿を映す鏡のようでもあった。

「宇津木君は、学食の購買でも恩着せがましくなくて……ワタシと二人きりになっても、全然そういう期待とかしてる素振りもなくて……そこが、ワタシ的には単純に、いいな、って……

だから」

傍から見ても見目の整った容姿の持ち主。身を乗り出してきた少女の手がこちらに触れて、太一は思わずドキリとする。

「君さえよければ、ワタシと――」

そうして、艶《なま》めかしい唇から、決定的な言葉が紡がれようとした瞬間、

『――あ――っ――』

『え――――っ――』

不意に、教室の外から男女のものと思われる声が聞こえてきた。声の調子はどこか弾んでおり、音は徐々にこの教室に近付いてきているように思えた。

すると、少し慌てた様子で鳴無は「こっちっ」と太一の手を掴み、なんと教卓の中に彼を押し込み、自身も空いた空間に滑り込んできたのだ。当然二人の体は密着状態に。

突然の事態に太一は訳もわからず目と頭を白黒させて狼狽《うろた》え、「ちょ、ちょっと鳴無さ、」と声を上げそうになったところを「しっ、静かに」と口に指を当てられ先を遮られる。

彼女の体のいたるところが当たって太一はパニック寸前。

しかし鳴無は教卓の外に向けて耳を澄まし、太一の口に指を当て続ける。

ここ最近は不破と霧崎の過激なボディタッチで免疫がついてきたかと思ったが、存外そうでもなかったようである。

こちらの脚の間に収まった鳴無は太一の胸に頭をくっつけ、見下ろせば彼女のつむじが。かなり狭い空間に、これまたかなり強引に体を押し込んでいるため非常に息苦しい。腹部のあたりに柔らかい感触。危うく意識が全集中してしまいそうになる。まさにギリギリの極致。

いったい何が起きているのか。その疑問を問い質す間もなく、教室の扉が音を立て……しかし、どこか潜めるように開かれた。

「よかった。誰もいないみたいですね」

男の声が聞こえてきた。しかしそれは生徒のものではない。どこか成熟した大人の落ち着いた声音《こわね》である。

「あの、立花《たちばな》先生……いいんでしょうか……教師の私たちが、こんなところで……」

「よくはないでしょうね。でも、ボクとしてはもっと、瀬名《せな》先生と――」

どうやら教室に入ってきたのは学校の教師らしい。二人のことは太一も知っている。瀬名は数学、立花は社会科を担当している教師だ。

だが、どうにも二人の様子がおかしい。妙に浮足立っているというか、落ち着きがないというか。

「……まさかと思って咄嗟に隠れちゃったけど……あの噂……本当だったんだ」

二人に意識を向けていた太一の耳に鳴無の呟きが入ってくる。相変わらず全身密着状態だが、太一の関心はむしろ外の二人に向いていた。

「あの……どういうことですか？」

「それは……あとで説明するね。ていうか、きっとワタシが言わなくてもすぐにわかるわ」

お互いにだけ聞き取れるギリギリの声量。教卓の外では、教師二人が何か話している声が聞こえてくる。太一たちほどではないが、彼らも声を忍ばせている。まるで外を警戒しているかのように。

直後――

「ン――」

太一の耳は聞き慣れない色のついた音を拾い上げる。

「はぁ……立花、せんせい……っ……」

「はい……好きです……瀬名先生……んっ――」

「っ！！！？？？」

「…………」

怒涛の如く押し寄せてくる情報の嵐。鳴無との件もいまだ処理しきれない中、新たに投入された予測不能の事態。それは太一の頭から思考力を吹き飛ばすにはあまりにも過剰すぎる威力を秘めていた。

……………え、ちょっ!?　なになになに！！？？

なに、というよりナニである。もはや言い訳のしようもない。太一は現在、教職員同士の秘め事……密会の現場に居合わせてしまったのである。

しかしこんな状況だというのに、鳴無は冷静に状況を見守っている。

彼女はなにを思ったか、教卓から少しだけ身を乗り出す。太一はギョッとするも、鳴無は黒板の下に零れたチョークの欠片《かけら》を拾い上げ、そのまま教室の扉に向けて放り投げた。チョークの欠片は扉にぶつかり、カタンという小さな音を立てて床に落下。

「「っ!?」」

途端、先程まで保健体育の実演授業を披露していた教師二人が慌ててお互いの身を引き剥《は》がす。

「た、立花先生……だ、誰かいるんでしょうか?」

「どうでしょう……」

「あの、取り敢えず今日は、この辺で……その、キスだけ、という話でしたし」

「そ、そうですね。すみません、我を忘れてしまって」

「いえ……も、戻りましょうか」

キスだけとかそういう問題ではない気がする。だが、あのまま行けば確実にイクところまで……ヤルところまできっちりヤッていたのはほぼ確実。

二人はそそくさと、周囲を警戒しつつ空き教室から姿を消していった。

太一と鳴無は、淫行教師の足音が完全に聞こえなくなったころを見計らい、盛大に肺から息を吐き出した。

「な、ななな、な……」

もはや言葉もない。鳴無は扉を見やって苦笑を浮かべた。

「さすがにびっくりしたね〜。あの二人、実はできてるんじゃないかって噂でね。こっそりここで会ってる、って話は聞いてたんだけど……まさか本当だったなんて」

呆れているやら面白がっているやら、鳴無は太一を見上げてクスクス笑っている。

しかし太一はそれどころではない。現在進行形で鳴無と密着しているだけでなく、先程までオトナの情事を耳で聞かせられたのだ。

脳みそが変な物質を過剰に分泌。もはや過剰摂取状態《オーバードーズ》。全身の血の巡りがかなり速い。うっすらと汗すら浮かんでくる。

「ふふ……それにしてもすごいタイミング。まさか、こんな時にあんな場面に出くわすなんて……これ、ある意味かなり面白い状況だと思わない？」

「お、面白いって……」

そんな風に考えられる余裕などない。というか今はなにを置いてもまずこの狭い空間から外に出るべきである。随分と無理な体勢と鳴無の体重を体で受けていたせいか、足やら腰やら背中が痺れて仕方ない。

「と、取り敢えず、出ませんか？」

「そうね。さすがに息苦しくなってきたし……と」

鳴無が先に教卓から這い出す。腰を屈めて、彼女は太一に手を伸ばしてきた。

「ありがとうございます」

その手を取って、太一は教卓から出ようとした……が、太一の痺れた足がもつれて体勢を崩す。

「うわぁ！」

「きゃあ！」

腕を引いていた鳴無も巻き込んで二人して床に倒れる。

しかし、なんという神様の悪戯《いたずら》か。鳴無は仰向けに、太一はまるでのその上に覆い被さるような格好になってしまう。

傍から見たら、完全に太一が鳴無を押し倒している現場のできあがりであった。

「あら」

「す、すみません！　これはっ」

「わかってるから落ち着いて。それより、あまり大声出しちゃうとさっきの先生方に見つかっちゃうかもよ？」

「っ」

太一は慌てて自分の口をふさぐ。今のこの状況を見られたら言い訳は不可能。この学校はそこまで恋愛にうるさくないが、この体勢はさすがにシャレにならん。

が、動揺で目を回す太一の下で、鳴無は「ふふ」と笑みを湛える。

すると、彼女は太一の首に手を回してきた。まるで恋人に甘えるかのような仕草。首に触れたひんやりとした感触に、太一の意識も視界も全てが眼前の少女に収束していく。

「さっきは、本当に驚いたね。まさか先生方のあんな場面に出くわすなんて……少し、ドキドキしちゃった……」

彼女の発言に先ほど耳にした大人同士の語らいを思い出す。言語ではなく触れ合いという質量でもって語られる一種の情熱。そこに混じる淫靡《いんび》な気配は年頃の、ましてや初心《うぶ》な太一にはあまりにも刺激的過ぎた。

そして、自分の下で甘くさえずるように言の葉を紡ぐ少女の存在は、より太一の脳から正常な思考を削り落としていく。

「あんなもの聞かされたら、こっちだって平静じゃいられなくなっちゃうじゃない……」

「そう、ですね……」

「うん………ねぇ、宇津木君」

首に回された腕に力が入る。ぐっと引き寄せられるように近づいてきた彼女の顔は、毒々しいまでに美しかった。

「よかったら、ワタシとキス、してみたくない？　さっき、先生たちがしてたみたいに」

……キ、ス？

太一の思考は、その一瞬完全に機能停止。すぐにリブートするも、今度はカッと顔と頭に熱を覚えた。

「ふふ……宇津木君、顔が真っ赤だよ？」

怪しく濡れる鳴無の瞳。そこに映る太一の顔は、ただただ困惑に塗《まみ》れていた。

静かな空き教室で、少女の声が太一を揺らす。もはや痛みすら覚えるほどに速まる鼓動。彼女と自分の呼吸する音、鼓動が刻むリズムだけが、太一のセカイを満たしていく。

オトの無くなった空間で、太一は彼女と見つめ合った。

湿った吐息が鼻先を掠めるほどの密着感。彼女とは今日、数時間前に知り合ったばかりの間柄。それが今、太一の理解を追い越す勢いで、事態は目まぐるしく駆け抜けていく。

……オレ、ほんとにこのままこの人と…………ん？

が、とろりと溶けそうになる頭に、わずかに残った理性が小さな違和感を拾い上げた。

同時に、こちらを小馬鹿にして、ケラケラと笑いながら指さす金髪ギャルの虚像と、目の前の少女の瞳に宿る光が、ダブって見えたような気がした。

途端、沸騰しかけていた思考は一気に冷水を浴びたようにスンと冷静さを取り戻し、得心する。

……ああ。

「あの、鳴無さん」

「え？」

先程までオドオドと狼狽えるばかりだった太一の、まるで人が変わったかのような態度。

「えっと、気のせいだったらすみません……鳴無さん、オレのこと、からかってますよね？」

直後、ずっと妖しく、余裕のある笑みを浮かべていた鳴無の表情が小さく崩れたように見えた。

問いかけという形を取ってはいるが、太一の声はほぼ確信している人間のソレだった。

「なんで？　ワタシ、本気で宇津木君とならって」

「似てるんです。鳴無さんの目」

太一にしては珍しく、相手の発言に割り込むように言葉を遮った。

「オレのよく知ってる人……その人も、オレをからかったり、冗談を言ったりするとき、今の鳴無さんにみたいな目をしてるんです。それでオレが本気になったりすると、『バーカ、冗談だってのw』なんて言って、笑い者にするんです」

「……」

太一は、言葉の内容とは裏腹に、困ったように苦笑してみせた。

「鳴無さん、さっき言ってましたよね？」

「……なにを？」

「告白してくる相手は碌な性格なのがいなくて……恋愛がうまくいかない、って。それに、すごい嫉妬とかされてるみたいですし」

「そうね」

「はい。そのせいでストレスとか、色々と溜まっちゃってるのかな、って思って……だから、そういうの発散するのに、オレをからかってみたり、とか……でも」

あまりそういうの、よくないと思います……小さく、すぐ近くにいる鳴無でさえギリギリ聞き取れるレベルで、太一はつぶやいた。

首に回されていた彼女の手を解《ほど》き、そっと離れる。

「もし悩みがあるなら、オレも話を聞くくらいは、できますから。さっきみたいに、言いたいこと、好きに吐き出しちゃってください」

最近は、身近なギャルの愚痴を延々と聞かされることもある。好き勝手、内に溜め込んだ一日の鬱憤を全部ぶちまけてくる。それで、最後はなんかスッキリしているのだ。

だから、今の自分でも、たとえ相手の抱えた問題は解決できなくても……ただ耳を貸して頷くくらいはできる。それで、気分が楽になることもある。

「オレ、だいたいいつも1組の教室にいますから。なにかあったら来てください」

それじゃ、と太一は立ち上がり、空き教室を後にしようとした瞬間、

「待って」

鳴無に呼び止められた。彼女はスカートのポケットからスマホを取り出し、

「宇津木君、意外に鋭いんだね…………もし、ほんとにワタシの愚痴に付き合ってくれるなら、連絡先、交換しよ」

トークアプリのＱＲコード画面を太一に向けてくる。

わずかに躊躇《ちゅうちょ》しつつ、太一はその日、不破霧崎に続く三人目の女子の連絡先を登録することになった。

第二部 ✖ 良いことがあった時は同時に悪いことも一緒に起きる

放課後の校内は喧騒に満ちていた。せわしなく行きかう生徒たちの隙間を縫うように、鳴無亜衣梨は昇降口にたどり着く。

すれ違う男子生徒が思わず彼女を振り返る。意識的に、或いは無意識に、彼女に引き寄せられてしまう。

下駄箱からパンプスを取り出し、目線だけを校舎側に向けて小さく口の端を持ち上げる。

「さすがに急ぎすぎちゃったかな……反省、反省っと」

乱暴に靴を床に投げ捨て、足を押し込む。

校門から外へ出る。ふと立ち止まり、振り向きざまに校舎を見上げた。

視線の先、先ほどまで太一と会っていた空き教室の窓が見えている。カーテンが閉め切られて、中の様子を窺い知ることはできない。

鳴無は踵を返し校外へ。自宅とは全く別の方角へ進路を取る。

通りを歩きながら、先ほどの彼との逢瀬を思い返す。

『もし悩みがあるなら、オレも話を聞くくらいは、できますから。さっきみたいに、言いたいこと、好きに吐き出しちゃってください』

人けのない物置と化した空き教室。そこで鳴無と太一はキスの一歩手前まで行った。

教師が乱入し、大人の情事を聴覚で見せつけられた……おかげで、若い男女の気分を盛り上げるには十分すぎる雰囲気を作ってくれた。

首に手を回し、顔を寄せ合い……そのままいけば、流れで互いの唇が触れていてもおかしくはなかった。

だというのに――

鳴無と唇が触れるギリギリのタイミング。太一はハッと我に返ったように鳴無の腕から抜け出し、

『鳴無さん、オレのこと、からかってますよね？』

気取られた？　事前に調べていた彼の情報では、対人スキルはそこまで高くないと思っていたが……いや、だからこそ逆に観察眼が鋭いのか……

どちらにしろ、『失敗』である。

鳴無は歩道に転がっていた空き缶を蹴飛ばした。口は笑みの形になっているものの、その瞳だけがまるで笑っていない。

あの教師二人が空き教室で密事に耽《ふけ》っているという噂。実は数ヶ月前から一部の生徒の間では良く知られた話だった。実際の目撃例もあり、その頻度や時間帯もそれなりに正確な情報が

出回っていた。

　鳴無はあの空き教室に、あの時間帯になれば教師が来るかもしれないことを知りつつ、太一をあそこへ呼び出した。実際、二人は空き教室に現れ、秘め事をなんの躊躇いもなく始めてくれた。

　映像でも録画しておけば今後の有効なカードにもなりそうだったが、鳴無の目的はそこにはなく、太一をあの場に居合わせることが狙いだった。

　……雰囲気で流してあげれば乗ってくると思ったけど。

　完全にアテが外れた。

　今日で確実に彼の心を自分に引き寄せるつもりで接触した。大抵の男なら落とす自信があったが、お互い吐息が当たるほど密着までしたというのに、得られた結果は芳《かんば》しくない。

　鳴無は自身のルックスが男受けすることを理解していた。ところどころ隙も見せておけば、相手に『行ける』と思わせることができる。

　実際、これまで鳴無が接触して揺れなかった男はいない。いや……なんなら接触さえしなくとも、男の方から寄ってくる。

　……せっかくお膳立てしてあげたのに。

　鳴無はバッグからおもむろに中身を取り出す。それは……太一がいつも持ち歩いている、弁当の入った包みだった。

「久しぶりの学校だったし、ちょっと感覚が鈍くなったかな……」

今日は少しばかり詰めが甘かった。事前に収集できた彼の情報も精度に欠けるものだったし、なにより相手と接触できたのは一時間程度。それでいけると思ったのは、さすがに慢心が過ぎた。

「さ〜て、次はどうしよっかなぁ……」

まぁ彼の連絡先は入手できたし、やりようはいくらでもある。

ここ最近になって急激に上がり始めた気温。照り付ける太陽が嫌みなほどに眩しい空を見上げ、鳴無は思案する。

手にした包みを自販機横のクズカゴに投げ捨て、スマホを取り出す。

「〜〜♪　……ふふふ」

軽快に鼻歌を口ずさみ、彼女は通りを歩きながら、妖しく笑った。

◆

宇津木家リビング。

いつものフィットネスゲームを消化してから夕食を終えて、不破が帰宅。

昼休みに傾いた彼女の機嫌は時間の経過で持ち直したようで、マンションに突撃してくる頃にはいつもの彼女に戻っていた。

時刻は夜の一〇時過ぎ。

「あんたほんとお弁当どこに置いてきたのよ……」

「だからごめんってば。オレも思い出そうとはしてるんだけど……」

マンションに忘れてきたと思っていた弁当……しかし、あると思っていた包みは部屋のどこにもなく、太一は涼子《りょうこ》と不破から盛大に呆れられてしまった。

……う～ん。家を出るときバッグに入れた……ような気はするんだけどなぁ。

が、実際に包みは手元から消え、いまだ行方知れず。

「はぁ……もういいわ。まぁお弁当箱の予備くらいはあるし、次はなくさないように気をつけなさいよ」

注意されつつ、どこか納得のいかない太一だったが、「ごめん」と渋々頭を下げた。

自室に戻る。

「あ～……なんか、疲れた」

妙な疲労感に太一はベッドへと飛び込んだ。

主《あるじ》を受けとめたベッドは、スプリングを軋《きし》ませて抗議の声を上げる。

……今日は色々あり過ぎだよ。

お弁当をなくし、不破にグループでの昼食に誘われ、奇妙な女子生徒と遭遇して、挙句の果

てに教師が密会する現場に居合わせた末に、

「キス、か……」

からかわれただけ。そう理解した今でも、彼にとってあの空き教室での出来事は衝撃的な記憶として焼き付いている。鳴無亜衣梨と名乗った少女。

スマホを手に取り、おもむろにトークアプリを開く。

放課後に登録された新しい連絡先。

……まぁ、もう会うこともないとは思うけど。

『もし悩みがあるなら、オレも話を聞くくらいは、できますから』

などと言ってはみたが、実際に彼女が自分を頼ってくるシチュエーションが想像できない。彼女がその気になれば、力になってくれる男はいくらでもいるはずだ。

今日のはただの気まぐれ。連絡先も、きっと社交辞令的に教えてくれただけだろう。

――そう、思っていたのだが。

『こんばんは』

通知音と共に、そんなメッセージが送られてきた。相手のＩＤ名『ｏｔｏｎａｓｈｉ』。

太一は思わずスマホを取り落としそうになる。

『今日は突然ごめんね』

『放課後……あんなことして、嫌な気分にさせちゃったよね』

ポコンポコンと立て続けに送信されてくるメッセージ。

『でも、君は怒らないどころか、気を遣ってくれて』

『うれしかった』

『それでね。虫のいい話だっていうのはわかってるんだけど』

『よかったら、ワタシと』

『友達に、なってくれないかな？』

「え？」

思わぬ申し出に太一は画面を注視した。

てっきり社交辞令で終わると思っていたところにまさかの不意打ち。

『聞いてくれるんだよね？』

どうやら、彼女はこちらとの関係を継続させたいという意思があるようだ。

放課後の一件を思い出しながら、しばし悩んだ太一は、

『ワタシの愚痴』

——ピンポーン。

スマホ片手に思考に耽っていた太一の耳に、来客を報せるインターホンが鳴った。時計の針はもうすぐ深夜十一時を指そうとしてる。

……こんな時間に、来客？

首を傾《かし》げる太一。廊下から涼子が『は～い』と玄関に走っていく音が聞こえた。

『え？　満天ちゃん？』

「？」

どうやら来訪者は不破だったようだ。忘れ物でもしたのか……しかしどうせ明日も朝からここに来るだろうし、別にこんな夜に取りに来る必要もないような……

太一は部屋の扉を開けて玄関に向かう。

「よっ」

手を上げて軽く挨拶してくる不破。だがどうにも普段と様子が違う。なんとなく落ち着きがないような、いや落ち着きはいつもないが、そういうことではなく。

「あの、どうかしましたか？　忘れ物とか？」

「いや、そういうんじゃねぇんだけど……」

歯切れの悪い物言い。どうも彼女らしくない。

「満天ちゃん、なにかあった？　時間もだいぶ遅いけど」

姉弟で不破に問い掛ける。彼女は肩に少し大きめのバッグを担いでいる。それは、まるで旅行先に荷物を持っていくかのようなサイズの代物で……

「あぁ～……え～と……」

言い澱むようなハッキリしない態度。涼子と太一は互いに目を合わせ、再び不破に視線を戻

す。すると、彼女はおもむろに後頭部を掻いてバツが悪そうに、

「なんていうか。ママとちょっと喧嘩して……その……家出してきた」

「「えっ!?」」

不破の発言に太一は驚愕。涼子も困惑の表情を浮かべていた。

◆

なんと、まさかの不破お泊まりパートⅡであった。

『ガッコとかいつでもやめてやる、って言ったら、ママにめっちゃ怒られた』

その末に喧嘩して家出してきた次第。以上、不破満天家出の理由。

太一はリビングで頭を抱えた。

現在不破は入浴中。母親が仕事に出かけた隙を見計らい、バッグに荷物を詰め込んで家を飛び出してきたようだ。しかしまさかその行き先が宇津木家とは。

曰《いわ》く『ここならアタシの替えの下着とかもまだあるし』ということらしい。

バッグの中身ももっぱらコスメやら着替えの服やらが詰め込まれている。

正直、うちではなく不破グループの誰かの家でお世話になった方がいいのでは、とも思ったのだが。

話を聞く限り、彼女たちからは、『いきなり泊めてって言われても……』、『一泊ならなんとかなるけど、数日はちょい厳しいかなぁ』、『ごめん。たぶんパパが許してくれないと思う』と断られたようだ。

確かに、いきなりおしかけられてそう簡単に「ＯＫ」と返事するのは難しいか。

どうやら不破はしばらく自宅に戻る気はなさそうで……今回は母親と盛大に揉めたと言うし、まったくもって困ったもんである。

太一は脱衣所に視線を向ける。すると、狙いすましたかのように戸が開かれた。

「ふぅ……」

金の髪にタオルを当てて、薄着の不破が出てくる。

「っ……」

太一は思わず目を見張った。ほんの数ヶ月前まで、ぽっちゃりとした体形だった不破。しかし彼女は太一や涼子、果ては霧崎も（部分的に）巻き込んでダイエットを成功させた。

Ｔシャツにショートパンツと随分とラフな格好ゆえに、余計体のラインが浮き彫りになる。モデル業の経験があると言っていただけある。服の上からでもわかるほどに見事なプロポーションだ。

「ちょい。ジロジロ見すぎじゃね。視線がキモい」

「あ、すみません」

さすがに見すぎた。太一は慌てて視線を逸らす。しかし相変わらず口が悪い。

「ねぇ、なんか飲みもんない？」

「あ、ちょっと待っててください」

太一は冷蔵庫に走る。自然と不破にパシられる習慣が身についた悲しき心身。

完全に調教されてしまっている。くっころ展開もスキップして完堕ち一歩手前である。

「すみません。今は水しか入ってなかったです」

「ふ～ん。まぁそれでいいや。サンキュー」

「あまり冷たいもの一気にお腹《なか》に入れると体に悪いですよ」

「わかってるよ。いちいち小言言ってくんなっての。おかんかお前は」

忠告もどこ吹く風。不破は残りの水も一気に喉へと流し込んでしまった。

太一は「はぁ」とため息を吐きながらソファに腰を下ろす。不破を下から見上げながら、これが彼女なんだよなぁ、とどこか諦めの心境だ。

人の言うことなどほぼ無視。自由奔放で傍若無人。

しかしどこか引き寄せられる魅力を持っている。正直に言って質が悪い。なぜ自分は彼女と友達関係の継続を望んでしまったのか。

などと思いつつ、意外と後悔がほとんどないのだから不思議なもんである。

と、不破はリビングのソファにドカッと腰掛け、

「えっ!?　不破さん!?」

なんと、彼女は腰掛けた太一の太ももに頭を乗せるように、ゴロンと寝転がってきた。

「あ、あの……」

脳みそがこの状況を理解しようとフル回転。

しかし彼女は困惑する太一を無視するように寝返りをうち、リモコンに手を伸ばしてチャンネルを行ったり来たり。まるで自宅にいるかのような気安さだ。

「え、と。不破さん」

「うっさい」

声を掛けるもすげない態度が返ってくる。テレビに意識を向ける不破の後頭部を見下ろしながら、太一は「はぁ」と諦観の吐息を零した。

不破の奇妙な行動は今に始まったことではない。これは変に触れたりせず、好きにさせるのが正解かもしれない。

「あんたの太ももさ」

「はい？」

「めっちゃかてぇな。すっげぇ寝心地わりぃんだけど」

「それは、不破さんと一緒にここ最近、ずっと鍛えてましたから」

「あっそ」

悪態を吐きつつ、不破が動く気配なし。まったくなんだというのか。彼女の心の動きがまるで理解できない。

テレビに飽きたのか、彼女は太一の太ももによじ登り、のけぞりながら体を伸ばし、ストレッチを始めてしまった……かと思えば、そのままの体勢で太一のお腹や脚をペタペタと触ってみたり。

一体何がしたいのかわからない。太一はされるがまま。不破は「むぅ」と、何とも言えない表情で元の体勢に戻り、再び視線をテレビに戻した。

しばらく、太一と不破はテレビに意識を向けていたが、

「すぅ……すぅ……」

「？　不破さん？」

視線を下に向けると、不破は太一の膝で寝息を立てていた。

……自由過ぎる。

人の太ももを硬いだ何だと言いながら、そのまま寝てしまうとはこれ如何《いか》に。

「あら、満天ちゃん、寝ちゃったの？」

「そうみたい」

「喧嘩したって話だし、精神的に疲れてたのかしらね」

「どうだろ……」

不破が風呂に行ってる間、涼子は電話を掛けていた。相手はもちろん、不破の母親である燈《とう》子《こ》だ。さすがに親への連絡を入れないわけにはいかない。

「太一。取り敢えず、満天ちゃんの気持ちが落ち着くまでは、ウチに置いてあげることになったから」

……またか、とは思いつつ、

「……了解」

いつぞやのデジャヴュのようだ。

しかし今回は親娘喧嘩ときたもんだ。一体いつまで居座るつもりやら……全ては不破の機嫌次第。

「ちょっと急だけど、あんたもフォローしてあげてね」

聞けば、電話口の燈子も声に疲弊が感じ取れたという。本当にただ喧嘩しただけか、それともなにかもっと、別に理由があるのか。

いずれにしろ、今の不破は見た目以上に感情が高ぶっている恐れがある。

下手に突《つつ》くとなにかの拍子に感情の起爆スイッチが入る恐れがある。いつから彼女は地雷系に転向したというのか。ジョブチェンするにしてももっと別の選択肢を選んでほしかった。

「予備の布団、買っておいて正解だったわね」

まさかこんな形で使うことになるとは思っていなかったけど、と涼子は苦笑しながら腰に手を当てる。

……はぁ、また騒がしくなりそうだなぁ。ていうか、これ……どうしよう。

膝でよだれを垂らしながら眠りこける金髪ギャル。はてさて、太一の心の安寧は、いったいどこをほっつき歩いているのやら。

さっさと帰ってこい、とそう願わずにはいられない太一である。

◆

翌日——

「え？　キララまたウッディんとこに転がり込んでるの？」

「はい。まぁ……成り行きで」

一時限後の休み時間。廊下で太一は霧崎に昨夜のことを話していた。

「ふ～ん。にしてもキララとキララママが喧嘩ねぇ……」

珍しい、と霧崎は呟く。

「キララ、口は悪いけど本気で親と喧嘩したことってなかったと思うんだけど……『ガッコ、やめてやる』……か」

霧崎は思案するように窓の外に広がる空を見上げる。

「姉さんが燈子さんに連絡は入れてくれたんですけど……落ち着くまではウチに泊まるってことに……はぁ～」

昨夜から何度出てきたかわからないため息。いくら吐いてもなくならない。残弾が無限状態になっちまってるよ。

太一としては頭と胃に悪いことこの上ない状況だ。だというのに、霧崎はニヨニヨと楽しそうなご様子。

「てかさ～……キララも随分と大胆なことするじゃんね～？　いくらお姉さんがいるっていっても、クラスの男子の家に突撃するとかｗ」

「そもそもオレのこと、男って意識してないと思います」

「まぁね～。それはあると思うよ……でも、キララってあれで警戒心は強い方だから、ウッディをそれなりに信用してる、ってのはあるんじゃない？」

「……どうでしょう」

不破は男女問わず交友関係を広く持っているイメージがある。男子との付き合いもそれなりで、当然そういう経験も……

「キララって、男友達と普通に外で遊んだり、家に行ったりとかはしてたけどさ……キララ一人で、それも泊まったりとかは、してなかったと思うよ」

「そうなんですか？」

「そうそう。だから、ウッディは信用されてる方だって。まぁ、ただのチキンとして、って感じかもしれないけどｗ」

にしし、と霧崎は最後に嫌みな笑みで締めくくる。

「でもウッディもお姉さんも人がいいよね。普通いきなり押しかけられても『はい泊めてあげます』って、なかなかならないと思うんだけど？」

呆れ顔の霧崎。彼女の言葉には太一も「まったくだと思います」と苦笑する。

「はは……なんか昨日も鳴無さんに同じこと言われましたね」

と、太一はぼそっと小さく漏らした。すると、

「ウッディ、今……なんて言った？」

「え？　昨日、さっき霧崎さんに言われたのと同じことを言われたな、って」

「いやごめん、そうじゃなくて。ウッディ、昨日、『誰に』言われたって？」

「昨日の放課後、鳴無さんに……あ、鳴無さんっていうのは、昨日のお昼休みの時に会った３組の人で」

「３組の……鳴無」

急に雰囲気の変わった彼女の様子に、太一は怪訝そうな顔をする。

「ウッディごめん、ウチちょい用事思い出した」

「あ、霧崎さん!?」

太一の声を無視して、霧崎は踵を返した。向かう先は――

……まさか、あの女が戻ってきた？

呆気に取られる太一を残し、霧崎は表情険しく廊下を早足に抜けていく。

二限目の授業が始まる鐘が鳴り響いても、彼女は自分の教室には戻らず、真っ直ぐに、２年３組の教室を目指した。

◆

……霧崎さん、さっきはどうしたんだろ？

二時限後の休み時間。太一は手にノートの束を抱えて階段を上っていた。

「おも……」

太一は担任の倉島から、

『宇津木、わりぃんだけど俺のデスクにお前らの課題ノート置いてあっから、回収してクラスの奴らに返却しといてくんね？　俺このあと別件でちょい忙しんだよ。てなわけで、よろしく』

と、一方的に雑用を押し付けられ、今しがた件《くだん》のノートを回収してきた次第。

しかしこれがなんと一教科ではなく三教科分ときた。大方、他の教師から返却してくれとでも頼まれたか。しかしこのブッキングはひどい……

一〇〇冊以上のノートの束。これがずっしりとした重みで腕をいじめてくる。一冊だいたい一二〇、一三〇グラムだとしても、一〇〇冊も積み重なれば一〇キロ超えだ。

目の前にそびえる階段を前に眉根が寄る。この紙束ウェイトというハンデつきでここを上らされるなど、罰ゲームを超えてもはや刑罰である。

正直な話、倉島が仕事を太一に任せたのは、今のクラスの状況下《男女間冷戦》で比較的穏便にノートを返却できそうな生徒が太一だけだったから、という理由である……

しかし倉島もあの緩い雰囲気でクラスのことはよく見ている。アレでなかなか能力的には優秀な人材らしい。が、能力と人格が比例しない好例とでも言おうか。

見た目は大人、中身は子供。某メガネの探偵少年もブチギレ必至のにっこり案件である。

「――随分と重そうね」

階段の上から声が掛かる。顔を上げると、

「あ」

「おはよ。昨日ぶりかな」

鳴無亜衣梨が立っていた。

「っ!?」

が、下から見上げる構図の太一からは、彼女の短いスカートの中身が今にも『ハーイ』と軽快にご挨拶してしまいそうな状況。

チラリズムが過ぎる太ももに視線を引き寄せられて太一は動揺。

「あっ!?」

しかしそれがまずかった。手の中のノートたちが傾きバランス崩して床へと散乱。

「あら～」

少女はそんな有り様を前に階段を下りてくる。太一は慌ててノートをかき集めた。

「はい」

と、散らばったノートの一部が差し出される。綺麗に整えられた桜貝のような爪に長い指。その先を辿《たど》れば件の少女が膝を曲げてノートを手渡してくる。髪を片手で押さえ、こちらを見下ろしてくる少女の姿は相変わらず無駄に色香を漂わせる。

「ありがとうございます。なんかすみません」

「気にしないで。こっちも驚かせちゃったみたいだし」

鳴無と一緒にノートを回収していく。

「これで全部かな？　君のクラスまで運べばいいの？」

「え？　でも」

それは助かるが、知り合って間もない相手に手伝わせるのは少し気が引けた。

しかし彼女は、人好きする笑みを浮かべ「いいのいいの」とノートの半分を腕に抱える。

「それに、うやむやにされたままの返事も聞きたいしね」

「返事……あ」

直後、太一は昨日、鳴無からもらったメッセージの内容を思い出した。

『よかったら、ワタシと』

『友達に、なってくれないかな？』

その問いに、太一は返事をしていない。

「す、すみません！　あの、実は昨日、あのあとちょっとバタバタしちゃいまして……別に、鳴無さんを無視したとか、そういうのではなく」

「っぷ、ははは……宇津木君、必死になりすぎだって……でも、よかった。既読はついたけど、返信がなかったから、てっきり、嫌われたんじゃないかって……昨日、あんなことしちゃったしね」

「すみません。オレも、返信忘れちゃってて」

「ううん。気にしないで。それで……どうかな？」

隣を歩く彼女は、憂いを帯びた瞳で太一を見つめてきた。

「あの、逆に訊いてもいいですか？　その、なんでオレ、なんですか？」

質問に質問で返す非礼を承知で、太一は問わずにはいられなかった。

「正直、オレと鳴無さん、昨日会ったばかりだし……鳴無さんなら、別にオレじゃなくても、他にもっと親身になってくれそうな男の人とか、一杯いると思いますけど」

「う～ん……まぁ、確かに話を聞いて、耳に心地のいいことを言ってくれる相手はそれなりにいるとは思うよ」

でも、と鳴無は太一を見やり、

「なんとなくだけど、君はちゃんと、ワタシの言葉に悩んでくれそうな気がしたから」

言葉の上澄みだけを掬って、定型文のような慰めを口にする……そんなものはいらない。彼女は柔らかく微笑み、

「宇津木君みたいなタイプって、ワタシの周りにはいなかったから興味がある、っていうのも正直なところ。ただ、それだけじゃなくて、なんか君となら仲良くなれそうだな、って直感はあったかな」

肯定的な鳴無の言葉に思わず頬が熱くなる。

「まぁそんなところ。納得してくれた？」

「はい」

「うん……それじゃ、今のも含めて、改めて」

鳴無はノートを抱えたまま、太一の正面に立ち、

「ワタシと、友達になってくれる？」

「……オレでよければ」

「ほんと、やった！」

太一の返事に、鳴無は破顔する。別に断る理由もない。

「はぁ～、よかった～。断られるんじゃないかって内心ヒヤヒヤしてたよ～」

鳴無は心底ホッとした様子で胸を撫でおろす。

が、周囲の生徒たちがにわかに教室の中へと戻り始め、次の授業開始が近いことを知らせてくる。見れば、いつの間にか教室のすぐ近くまで来ていた。

「あの、もうすぐ授業も始まりますし、ここまでで大丈夫です。このままだと、鳴無さん授業に遅れますし」

「そう？　じゃあお言葉に甘えちゃおうかな。はい」

太一は鳴無からノートを受け取る。鳴無は太一に目を合わせたまま、タンと軽やかに後ろへ下がった。

彼女はわずかに口角を上げる。瞬間……ま、行くつもりもないけど……太一には、なんとなく彼女の唇が、かすかに震えたように映った。

「返事、ありがとね」

「いえ。こちらこそノートを一緒に運んでもらって、ありがとうございました」

「ううん。ワタシも宇津木君と話ができて嬉しかったから」

鳴無の細められた瞳が横に流れ、そのまま背を向けた。彼女のはずむような足取りはあどけなく……しかし纏《まと》う気配は妖しく女くさい。

去り際、彼女は視線だけで振り返り、

「またね、宇津木君♪」

小さく手を振ってきた。

◆

『アタシら飲みもん買ってくるから、先に席作っといてくんね?』

などと残して不破は会田たちと購買へ。なんでも学食の自販機に新製品が入荷したとか。その名も『梅昆布茶サイダー』……なかなかにゲテモノ臭の気配がプンプンしてやがる。

……まさかオレに全部飲ませるとかないよな。

一抹の不安がよぎる。というか先日に引き続きナチュラルに不破グループで昼食をとることになっているのも驚きだ。

不破はともかく、グループ女子たちに自分はどう思われているのか。昨日の感じからすれば悪印象は持たれていないように思えるが。

……まぁ心配しても仕方ないいんだけどさ。

せっせと机を並べていく。数ヶ月前まで、自分の机でぼっちめしを決めていたとは思えない環境の変化である。

それこれも不破のダイエットに付き合わされてから……元々はダイエットを終わらせて彼女との関係を解消しようとしていたというのに。それが今では、彼女のグループの輪にお邪魔して昼食ときた。

昨日、彼女たちと接してみてわかったが、やはりというかなんというか、とにかく距離感が近い。会話のテンポも速く、もはやコミュニケーションのジェットコースター状態。右に揺さぶられたかと思うと今度は左へ。息つく暇もないとはまさにこのこと。

目つきの悪さで最初は遠慮気味だった彼女たちだったが、不破の知り合いであることも手伝ってか、昼休み時間終盤に差し掛かる頃には、完膚なきまでに遠慮は吹き飛んでいた。

「ふぅ」

机のセッティング完了。あとはこのまま不破たちを待てばいい。教室のあちこちから視線が集まる。男女冷戦状態の中にあって、現在進行形で女子と関わりを持つ太一。

それも、クラスカースト最上位の不破グループとのお付き合い。それは注目だってされるというもの。

が、太一に接触してくる者はいない。変に行動を起こして悪目立ちもしたくない、なにより目つきの鋭さがヤ○ザ過ぎて声を掛けるのを躊躇《ためら》わせる。

……やっぱり見られてるなぁ。

肌に感じる周囲からの関心。太一は居心地の悪さを感じながら、席に腰を落ち着けスマホで時間をつぶす。

――と、

「ねぇ、ちょっと」

「え？　――っ!?」

ふいに声を掛けられ視線を上げる。どこかピリつくような気配の先のいたのは、

「や、矢井田……さん」

クラスの女子カースト第二位――矢井田栞奈であった。

今年の五月、太ってしまった不破を笑い者にした挙句、つい先日盛大にやり返された憐れな女子生徒。おかげで最近は大人しくしていたと思ったのだが……

しかし、いつもは彼女を囲むようにしているグループ女子たちの姿はない。

「あの……オレに何か……」

「……あのさ、ちょっと付き合ってくんない？」

「はい？」

訳がわからず首が傾く。クラスの面々も、戦々恐々とした面持ちで事態を見守っていた。

今の太一は、不破の感情にダイレクトに響く起爆剤……下手に触れようものならどうなるかわからない。そんな中、不破と犬猿の仲で有名な矢井田が接触。

それはクラス全体に、静かに嵐の予感を抱かせた。

「え、と」

「いいから来いっての！」

「あっ、ちょっと!?」

強引に腕を掴まれたかと思うと、椅子を倒しながら太一は矢井田に教室の外へと連れ出される。

……え～。

いつぞや、不破に拉致《らち》られた記憶がフラッシュバック。

あの時と比べれば彼女の腕力は大したことない。振りほどこうと思えばできなくもないが

……

「逃げんなよ？」

「はい」

不破に負けず劣らずの眼力で睨まれてしまえば、メンタルチワワな太一には従う以外の選択しかなく……

……なんかよくわからないけど……とりあえず帰りたい。

人けのない西階段。つい昨日、鳴無に会うために通ったばかり。踊り場に降りると、矢井田はこちらを振り返り、

「宇津木さ、キララと仲良くなって調子ノッテるよね？」

「いえ、そんなことは」

「前はそうやって口答えとかできる感じのキャラじゃなかったじゃん？　やっぱ調子ノッテるわ、あんた」

「え～」

困惑ここに極まれり。

不破も意味のわからない絡み方をしてくるが、今の矢井田も負けず劣らず支離滅裂だ。

「ああ、マジでムカつく！　あんたがキララのダイエットなんか手伝うから、おかげでわたしの学校生活全部めちゃくちゃよ！」

……それはただの自業自得では？

ナチュラルに自分勝手な発言をかます矢井田にさすがの太一もあきれ顔である。

「あの、オレ、帰っていいですか？」

「っ！　待ちなさいよ！　教室は変な空気になるわ、昇龍《とおり》からは距離取られるわ……全部、全部ゼンブぜんぶ！　あんたらのせい！」

「普通に自業自得だと思います」

「はぁっ!?」

「あ」

思わず心の声が駄々洩れになってしまった。いやだってこれはしょうがないと思う。

「ああ～もう～……なんでこんな奴にまでバカにされてんのよわたし～」

矢井田、ちょっと涙目……いや打たれ弱すぎないか？

「こないだ体重計ったら、ちょいシャレじゃないくらい増えてるし～」

なんだろう……ちょっと前まで絶対強者だと思っていた相手が、急に瞳ウルウルな小型犬に見えてきた。

「あんたがキララの体重なんて落とすから～……うわぁぁぁぁ～ん！　責任取ってわたしの体重もなんとかしろよ～!!」

襟首を掴まれてガックンガックン揺さぶられる太一。

ああ神様……あんたはやっぱり、裏切り者だ。

◆

「う～ん……」

面倒くさいことになった……まさか不破に続いて、矢井田にまでダイエットに協力しろ、などと言われるとは。

夜九時過ぎ。太一は自室でノートＰＣと睨《にら》めっこしていた。

肌が弱いからできれば屋内で運動がしたい、ただ激しい運動はやりたくない、楽しくないとヤダ、親にダイエットしているのを知られたくない（恥ずかしい）、本格的な食事制限はしたくない……などなど。

いやどないせいっちゅうねん、とつっこみたくなる注文を突き付けられた。

……正直、断ってもよかったんだろうけど。

よくよく考えれば、カラオケで自分がジェイ◯ンコスで乱入などしなければ、不破と西住の関係に決定的なヒビが入ることもなかったかもしれないわけで……

それが間接的に、矢井田の体重増加に繋がってしまったと言われてしまえば、完全に無視を決め込むこともできなかった。

……こんなんだから、お人好しとか言われるのかなぁ。

ここ数ヶ月、他人と関わる機会が一気に増えた気がする。それも、自分がこれまで決して絡んでこなかったような人種ばかり……

「まぁでも、不破さんの時と比べれば比較的楽なほうかな……」

ダイエットに協力するうえで、どの程度体重が増えたのか聞き出したところ、

「マイナス1キロくらいなら、短期間でなんとかなるかな」

ちょっとした食事制限と軽い運動を取り入れていけば、一週間程度で達成できるはずだ。

見た目に大きな変化はなかったし、おそらく内臓脂肪が増えたのだろう。

矢井田の要望を叶えるなら、太一が知りえる中で方法は二つ。太一はノートPCを閉じ、グッと背中を伸ばした。

「なぁ宇津木～」

後ろで扉が開き、薄着の不破が入ってきた。ノックなどというマナーを彼女に求めてはいけない。風呂上がりなのか、髪は湿り気を帯びている。

「不破さん、どうかしましたか？」

「冷蔵庫の麦茶切れたんだけど、替えのパックってどっかある？　てか飯食ってから部屋籠《こも》ってなにしてんの？」

「え？　ああ、実は……」

言いかけ、口を閉ざす。

不破と矢井田の仲は取り繕う余地のないほど険悪。ここで太一が彼女のダイエットに協力している、などと口にした日には、太一の教室はハルマゲドンの舞台と化すに違いない。

……そういえば。たしか新学期早々どこかで殴り合いの喧嘩があったんだっけ。

どこの教室で起きた出来事だったかは記憶にない（当時は関心もなかった）が、

……不破さんには、そういう喧嘩はしてほしくないなぁ。

じゃれ合うようなド突き合いならいざ知らず、本気の殴り合いを身近な人間がしてしまうというのは、考えたくもないことだ。

……矢井田さんのことは黙ってよ。

これも全ては平穏な明日、ひいては学校生活のため。

「いえ、ちょっと新しいダイエット法とかないかなぁ、って思いまして」

「別に今やってるヤツだけで十分じゃん？　宇津木、なんかダイエットマニアになってね？」

「あはは……そうかもしれません」

笑って誤魔化す。しかし最近はダイエットに関する情報の本を読んだりネットで調べたりと、確かにマニアになりかけているのかもしれない。

「今回はどんなん調べてたん？」

「そうですね……最低限の食生活改善と、部屋でできて、かつあまりうるさくない運動法、ですかね」

「へぇ、ちょい興味あるかも。どんなんどんなん？」

「はい。例えば――」

興味を惹かれた様子の不破。太一は再びノートＰＣを起動した。

◆

そして、翌日。

朝のホームルーム前、西階段の踊り場で太一は矢井田と顔を合わせていた。

「で、どんな感じでダイエットするわけ？」

「とりあえず色々と考えてはみたんですけど……えと、最初にいくつか訊いてもいいですか？」

「なによ？」

「矢井田さんって、普段はどんな食生活なんですか？」

「は？　それ訊いてどうすんの？」

「改善が必要なら、別に色々と検討しようかな、とは思ってます」

「ふ～ん。まぁ別にいいけど。とりま朝は抜いてる。昼は……コンビニのおにぎりとかサンドイッチとか？　夜はファミレスだったり家だったり、そんときの気分」

「じゃあ、一番食べるのは夜、ってことですね」

「そうなるかな」

意外と素直に質問に答えてくれる矢井田。

「う～ん……」

少食は健康面でのメリットが多いとはよく聞く。しかし太一たちの食生活は朝、昼、夜と、三食をバランスよく食べるというものだ。

……オレたちは運動してるから、むしろ食べないといけないんだけど。

矢井田の場合、特に運動部に所属しているわけでも、日常的に体を動かしているわけでもない。ならば食べる量は今のまま、変えるべきは『食べる物』か。

「それじゃもうひとつ。矢井田さんの家って、ゲーム機とかありますか？」

「ゲーム？　まぁス○ッチくらいは持ってるけど」

「あ、そうなんですね。ちょっと意外でした」

「は？　なんで？」

「ああいえ、特に意味はないです」

不破も霧崎も、自分の周りのギャルたちはそういったゲームハードを持っていなかったので、てっきりこういう人種はゲームそのものに興味がないと勝手に思い込んでいた。

「でも、ハードを持ってるなら、体を動かすのはオレが考えてきた方法が使えそうですね……まぁ、お金が掛かるんですけど」

「は？　どんくらい？」

「う～ん。そうですね……だいたい、四○○○○円くらいでしょうか？」

「はぁ!?　なんでそんなに掛かるのよ!?」

「その、矢井田さんの要望通りに運動をするなら、それくらいは予算が欲しいかな、と」

高校生にとっての四○○○○円……決して安い金額ではない。

「はぁ……マジ？　ああもうわかったわよ！　出せばいいんでしょ!?　てかなに買うのよ!?」

「はい。これです」

観念しつつ声を荒くする矢井田。太一はスマホの画面を彼女に向ける。

「は？　なにこれ？」

「ゲームです。運動ができる」

太一がスマホに表示させたのは、ファイティングポーズを取る女性のシルエットがパッケージになった、ゲームソフトだった。

◆

『あんたとムダに関わってるって知られたくないから』

ということで、別々に教室へ戻った太一と矢井田。

自分の席に腰を落ち着け、しばらくして倉島が教室に現れホームルームが始まる。

が、いつもと雰囲気の違う教室に太一はため息をひとつ。

「ああ？　おい不破の奴また遅刻か？　おい宇津木、お前なんか聞いてねぇか？」

「なんか風邪をひいた、みたいです」

「はぁ？　あいつが風邪だぁ？」

「は、はい」

途端、教室がざわつく。不破は遅刻・サボりの常習犯だが、体調不良を理由に欠席したということはほとんどない……仮病を使うことはよくあったが。

「宇津木、それ本当なんだろうな？」

「ええ、その……本人と直接、ああいえ、電話で話した感じですけど。だいぶ体調が悪そうな感じでした」

危ない。不破が宇津木家にいることを暴露するところだった。ただでさえ悪目立ちしているのだ。無用なトラブルを避ける意味でも、この同棲まがいのお泊まりは伏せておくに越したことはない。

「はぁ～。そうかよ。じゃあ不破は欠席な。ったく、学校にくらい連絡入れろってんだよ」

ぶつくさ言いながらもホームルームを進める倉島。不破の病欠に対し、クラスの反応はさまざま。「ざまぁ」と思ってる者、心配する者、無関心な者。こうして見ると、改めて彼女の教室での存在感を思い知る。

……でも、まさか不破さんがほんとに風邪をひくとは。

昨日の夜、髪が半乾きのまま太一の部屋でダイエットの話で盛り上がり、果ては『これすぐにできそうじゃん。とりあえずやってみようぜ！』などと言って、矢井田に提案しようと思っていたゲームのダウンロード版を購入してプレイ。

風呂上がり、濡れた髪はそのままに……その結果、

『うづぎ～……めっぢゃぎもぢわるい～』

と、三八度の熱を出したわけである。

……不破さんが行動力の塊だってこと忘れてた。

しかしまさかそれで彼女が体調を崩すとは……彼女の母親である燈子に連絡しようとも思ったのだが、不破に止められてしまった。

結局、今は彼女一人でお休みである。

「風邪、長引かないといいけど」

この時期の風邪は厄介だ。運動もきちんとし、食事もしっかり摂っているため、大事になることはないと思うが。

「……はぁ」

いつもそこにいる相手の姿がない。太一は再び、口からため息を吐き出した。

◆

放課後。地元の中古ゲームショップに寄り道。目的のゲームを無事入手。

「これマジで効果あんの？」

「オレも実際にやってみましたけど、ジワッて汗を掻くくらいは体を動かしますし、脂肪燃焼にはなかなかいいと思います」

ゲームのパッケージを見下ろしながら胡乱《うろん》な表情の矢井田。

「ガッツリやる必要はないので、軽く流す感じでプレイしてみてください。それと」

「お昼にプロテインだっけ……そういうのって普通ガチで筋トレやってる奴が飲むんじゃないの？」

「まぁ、そういうイメージありますよね」

プロテイン。言わずと知れた筋トレのお供……というより大親友。筋肉の生成を助けるたんぱく質を豊富に含むことで有名だ。アスリートが飲んでいるのをイメージする者も多いだろう。最近は、涼子の勧めで宇津木家でも運動後に飲むようになっている。

が、学生のお財布事情的には、決して優しくないお値段設定なのがネックだ。

「プロテインは基本的に、朝、運動後、就寝前に飲むのがいいって言われてます。あとは間食の時、とかですね」

「お昼ないじゃん」

「ええ、まぁ……でも、プロテインは飲むと満腹感が出るので」

間食を控え、他の食事での摂取カロリーを抑えることもできる。

どうにも矢井田は間食をする習慣があるらしく、それをなくすだけでも、体重の減少を助けることができる。

「お昼とか間食の予算をコンビニでも買えるプロテインに変えるだけで、ダイエット効果が出ると思います」

それに加えて、先程買ってきたゲームを少しずつでもプレイすれば、よほどどこかで食べ過ぎない限りは痩せていくはずだ。

「味は好みがあるのでおススメとかはできませんが、気になったものを試してください」

合わなければやめればいい。とりあえず、彼女の手にあるゲームだけでも効果は出る。

「それじゃ、オレはこれで」

不破のことも気になるし、自分の役目はこれで終わり。帰路につこうとした太一。が、

「は？　いやちょっと勝手に帰んなし」

「え？」

「わたしこのゲーム初めてなんだけど？　ちゃんとレクチャーしろし」

……はい？

太一は目が点になった。

◆

なぜこうなる？

いつぞやも不破に不用意な発言をかまし、自宅に押しかけられたことがある。

だが今回はなんと、

「ただいま〜」

「お、お邪魔します」

女子の家にお宅訪問することになってしまった……

いやなぜだ？　不破や霧崎の家にさえ行ったことがないのに、なぜそれがよりによって矢井田家なんだ？

彼女の家は一般的な二階建て木造建築。ローファーを脱ぎ散らかしてさっさと彼女は二階へと上がっていく。

一方の太一はといえば、実に数年ぶりに訪れる他人の家におっかなびっくり。玄関を潜ったはいいものの、その場で固まってしまう。

「ちょっと宇津木さっさと上がってこいし」

「は、はい！」

矢井田に促されて階段を早足に駆け上がる。

いったいどこで選択肢を間違えた？　太一にとって彼女の家に招かれるなどただのバッドエンドなイベントでしかない。せめて願うのは何事もなく平和に帰還することのみ、まるで戦場に出向く兵士の気分である。

二階廊下の奥が矢井田の部屋。中は思いのほか片付いており、本棚の中は意外にも太一も知っている漫画のタイトルがびっちりと並べられていた。

「ウチ一階のリビングにしかテレビないんだけどさ。ソファとかテーブルあって場所取れないんだよね。だからこういうゲームとかもわたしの部屋でしかできないんだ。でもあまりバタバタすっとお母さんめっちゃ怒るから」

言いながらゲームのセッティングをする矢井田。普段からゲームをするのか、随分と慣れた手つきだ。

「ああそうだ。宇津木、これだけ先に言っとくわ」

「え？　あ、はい。なんでしょう？」

「家に入れたからって勘違いすんなよ？」

「いえそんな気は全然ないです」

「はぁ？　この……即答とか、マジムカつく」

どうやらどう答えたところで角が立つらしい。矢井田も結局は不破の同類か。

なるほど。だから喧嘩するのか。納得だ。

「さて、こんな感じかな」

どうやら準備ができたらしい。ゲームのデータをインストールする間、太一と矢井田は言葉も交わさず沈黙。

いたたまれない空気の中、太一は改めて部屋の中を見回した。すると、机の上に写真立てを見つける。が、

「人の部屋ジロジロ見んな」

写真立てを倒して矢井田が鋭く睨んできた。なんともいえない空気。そんな場の雰囲気を感じ取ったのか、ゲームのインストールが終了したことを知らせる軽快な音楽が流れた。

「あ、終わったっぽい。さて、そんじゃやってみるか」

気だるそうに、矢井田はコントローラーを手にゲームをプレイし始めた。

そして――

「はぁ、はぁ、はぁ……あっつ……ちょっと、休憩……てか、水」

「はい」

「ああ、ありがと……今どっから出てきたコレ？」

「バッグに入れてあった予備です」

「あ、そう……まぁなんでもいいや」

矢井田は肩で息をしていた。額には薄く汗が浮かび、運動後のシャツは肌に張り付いている。

……それより、運動するならその短いスカートはなんとかしてほしかった。

矢井田が動くたびにスカートが翻り、今にも中が見えそうで太一は気が気ではなかった。

「疲れた～、もう無理～」

ベッドに背中から倒れこむ矢井田。体を大の字にして投げ出す姿は、どこかかつての不破を思い出させる。

「お疲れ様です。後半からはちょっとずつ動きがよくなってましたね」

このゲーム、太一たちがやってるゲームと比べれば動きは少ないのだが、リズムを取りながらタイミングよく体を動かすのにちょっとばかりコツがいるのだ。

慣れるまではぎこちなく、慣れてきたら今度は息が上がるほどに体を動かすことになる。

「今回はちょっとハードだったかもしれないので、次はもう少し負荷を下げてもいいかもしれないですね」

矢井田の要望は軽めの運動だ。負荷を下げればそれだけダイエット達成までの道のりは遠くなるが、継続できてこそ成功は訪れるのだ。

そのためなら、無理にキツイ運動を続ける必要はない。というか、逆に途中で「や～めた」となるのが一番問題なのだ。

「はぁ～……なに？　あの女もこんな感じで毎日運動とかしてたわけ？」

「まぁ、それなりに」

「そう……」

腕で顔を隠す矢井田。しばし沈黙が続き、

「絶対に痩せる。あの女にできてわたしにできないはずないいんだから。宇津木、今日より運動の負荷上げたら、もっと早く痩せると思う？」

「え？　それは、まぁ……でも、あまり無茶しない方が」

「うっさい。動いて痩せるってんならやるだけよ」

「あの、なんでそんなに急に、無理して頑張ろうとしてるんですか？」

「……だって」

――そうじゃなきゃ、アイツに何も言えなくなるじゃん。

ポツリと矢井田は呟き、その日はそのまま、解散となった。

◆

……不破さんは今日も休みか。

昨日からの熱がいまだ引かず、今日も彼女は学校を休んだ。

『気にしなくていいから』

と、彼女は冷却シートをくっつけてだいぶ具合が悪そうな様子だった。

……一度、病院に行った方がいいんじゃないかな。

次の授業の準備をしながら、太一は不破の席を見つめる。

「なに？　あいつ今日もガッコ休みなわけ？」

「矢井田さん」

「くらやんも病欠って言ってたけど、ただガッコめんどくさくて仮病使ってるだけじゃないの？」

「いえ。不破さん、本当に具合悪そうで。今朝も、全然ごはん食べられなかったくらいで」

「なんで宇津木がそんなこと知ってるわけ？」

「あ……ちょっと、お見舞いに」

まさか不破が自分の家に居候しているなどと言えるわけがない。あらぬ誤解が更に加速すること請け合いだ。

「へぇ……随分甲斐甲斐しいじゃん？　マジでさ、あんたら付き合ってんじゃないの？」

「それはないです」

「また即答かよ。まぁどっちでもいいけど。でも……ひとつ言っとく。あんた、あんましあの女に入れ込むと、あとあと痛い目見るかもよ？」

「え？」

「一応、忠告はしたから。じゃ」

矢井田はそれだけ言って、さっさと自分の席へと戻っていく。彼女はいつものグループの女子から、「なになに？　あんた宇津木に鞍替え？」などと揶揄《やゆ》され、「はぁ？　あんたバカじゃないの？　あんな根暗、ナシ寄りのナシだから」と声高に否定する。

結局、それ以降彼女の方から声を掛けてくることはなく、ダイエットの件に関しても、あとは自分で何とかするそうだ。

実際、太一も付きっきりで彼女にダイエットの指導をしなくて済むなら、それに越したことはないが。

……なんだったんだろ、さっきの？

首を傾げていると授業開始のチャイムが鳴り響き、思考は中断された。

◆

「……ということがありまして」

「あはは。宇津木君も大変だね～。クラスの女子のダイエットに付き合わされるなんて」

「付き合ったと言っても、実質一日だけでしたけどね」

放課後。太一は校舎から出て少し歩いた場所にあるコンビニのフードコートで、鳴無と先日の矢井田との一件について話していた。

「でもほんと、宇津木君って相変わらず人がいいよね。だってその矢井田さんって人、特に親しいわけでもなかったんでしょ？」

「そうなんですけど。成り行きといいますか、ちょっと断りづらいところもあったといいますか」

「ふふ。なにそれ？」

口元に手を当てて柔和に笑む鳴無。いちいち仕草が絵になる女性である。

「まぁでも、お疲れ様。体重は女子の天敵だからねぇ。宇津木君のおかげで無事に痩せたら、あんがいワンチャンあったり、なんて」

「そんな単純な相手なら楽なんですけどね」

矢井田も不破に負けず劣らず厄介な性格をしている。これ以上は積極的に関わりたくないというのが本音だ。

「それにしても、今日は急に呼び出しちゃってごめんね？　何か用事とかなかったんなら、よかったけど」

「いえ、特には」

そう言いつつ、太一の脳裏には顔を真っ赤にしてフラフラだった金髪ギャルの姿がずっとチラついていた。

鳴無から連絡をもらったのは今日のお昼。

『よかったら放課後』

『時間取れないかな？』

『ちょっと話したいことがあって』

などとメッセージを受け取り、太一はそれを了承した。

……鳴無さん、話ってなんなんだろ？

さっきからずっと自分ばかりが話しているような気がする。

彼女は女らしさを前面に押し出した清楚ギャルスタイルで、太一の話に耳を傾ける。

手の中にはココアのパック飲料。カウンターテーブルの上にはプリンとシュークリームが載っている。鳴無曰く甘い物好きらしい。コンビニに来ると必ず何かしら買ってしまうと苦笑いを浮かべていた。糖質過多。

ここ最近ずっとダイエットに勤《いそ》しんでいた太一からすれば随分と懐かしい光景だ。

しかし、それでこの体形を維持しているとは恐れ入る。或いは迷信気味に囁《ささや》かれる、食べても太らない体質の持ち主か、それとも、見えないところで体形維持の努力を欠かさないのか。

「宇津木君ってほんとに真面目だよね」

「そう、ですかね」

「そうだよ。矢井田さんだけじゃなくてさ、聞いた話だと不破さんのダイエットにも付き合わされてたんでしょ？」

「ええ、まぁ」

「なんかさ、宇津木君と話してると、あまり不破さんみたいなキャラとノリが合うように思えなかったからさ。かなり苦労したんじゃない？」

「う〜ん……ゼロではなかったかもしれませんけど。オレ自身、今にして思えば『よかった』かな、って思ってます」

「へぇ……なんで？」

「オレ、今はこうして鳴無さんと話してますけど、ちょっと前まで、誰とも会話とかできなかったんで……はは」

気恥ずかしくて頬を掻く。実際、ちょっと前の太一だったら、こうして出会って間もない鳴無と話をするだけでだいぶテンパっていただろう。

とてもじゃないが、矢井田とまともに言葉を交わすことだってできなかったはずだ。

自分は少しずつでも変わっている。そう思えるのは、やはり不破という存在と関わり、彼女と向き合ってきたからだと、今なら思うことができる。

「そう……じゃあ、彼女には感謝しなくちゃね」

「はい……とは言っても、いつも不破さんには振り回されてるので、素直に感謝するのは難しいんですけど」

「でも……そんなところに惹かれる時がある……違う？」

「え？」

ぽつりと呟かれた言葉。彼女は手元を見下ろしながら、ハッとしたかと思うと、取り繕うように微笑みを浮かべる。

「ほら、なんていうかさ。人って自分にはないものを欲しがったりするじゃない？　きっと、宇津木君もそれに近い感じだと思うよ」

「ああ、そうかもしれませんね」

なにかはぐらかされたように感じるのは、気のせいだろうか？

しかし、彼女と接しているとつい話が口を突く。一緒にいても疲労感を覚えない。自然な仕草、口調、表情で、鳴無は太一を解きほぐす。

思わず、一緒にいたい、と思わせられる。

「うん。宇津木君が不破さんをどう思ってるかはよくわかったかな。つまり、憧れてるんだね、彼女に」

「そうですね。彼女みたいにはなれなくても、ちょっとでも自分を外に出せるようになりたい、って思います」

「変わりたいんだ、宇津木君は」

「はい」

「そっかそっか。やっぱり宇津木君は真面目だね」

うんうんと頷く鳴無。すると、彼女は太一に身を寄せ、まるで幼子にするように頭を撫でてきた。

「ちょっ、鳴無さん!?」

咄嗟に彼女の手から離れる。近づかれた時に感じた彼女の体温。シャツ越しに触れた彼女の感触に、太一は思わず赤面。

「ふふ……宇津木君ってば、隙だらけなんだから」

小悪魔的に、確信犯な表情で見上げてくる鳴無。異様に加速する血流が太一の顔を熱くする。腕からはじんわりと汗が滲み、鼓動も一気に速度を上げる。

このままいけば確実に世界をスローモーションで視認することができるに違いない。ドキドキしすぎて走馬灯待ったなしである。

「あはっ……こんなことで赤くなっちゃうなんて。宇津木君って、結構かわいいのかな？」

「か、かわっ!?」

「ふふふ……」

取り乱す太一を前に鳴無は蠱惑的に笑う。太一の動揺する姿を面白がっている様子だ。手玉に取られている。なのに、嫌な感じがしないあたり、恐ろしい。

と、鳴無は「ごめん」と舌を出して謝ってくる。

「なんか宇津木君が他の女の子と随分と仲良くなったみたいな話を延々聞かされたから、ちょっとからかっちゃった……えへへ」

などと、先ほどとは打って変わって随分と子供っぽい仕草を見せる。

「うん……やっぱりワタシ……宇津木君相手だとちょっと調子に乗っちゃってるかも……」

彼女はそんなことを口にして、太一の心臓に一撃を入れてくる。

「ねぇ……宇津木君……よかったらさ、この後も時間もらっていい？　せっかくだしもっと宇津木君と仲良くできたらな、って」

と、彼女は再び、太一に身を寄せ、こてんと少し首を傾けながら、

「どう、かな？」

と、上目遣いに見上げてくる。

「え、と……それは……」

鳴無の女に脳が痺れそうになり……しかし彼の頭は、風邪で唸《うな》っていた不破の存在を思い出し、

「あの、実は今日、ちょっと用事があって」

「あ、そうなんだ」

「はい。すみません。せっかく誘ってもらったのに」

「ううん……こっちこそ強引に誘ったりしてごめんね」

「いえ」

太一は申し訳なさそうに席を立ち、鳴無に頭を下げてコンビニを後にする。

彼が消えたイートインで、鳴無は密かに「チッ」と舌打ちをしたのだが、それに気付いた者は、誰もいなかった。

◆

夕方。足早に帰宅した太一。玄関を開けると、そこは明かりも消えて薄暗かった。

「ただいま～。不破さ～ん？」

呼びかけるも返事はない。

……大丈夫かな、不破さん。

寝ているのだろうか。テレビの音もせず、部屋の中は妙に静かだ。

靴を脱いで廊下に上がる――直後。

ぎぃ～～～～～～～～……と、妙に不安を煽り立てるような音と共にリビングの扉が開いた。

ゾッとしてそちらに視線を向ける太一。

「ふ、不破さん？」

呼び掛ける。が、返事はなく。次の瞬間、

「お、ぉぉ……ぉぉ……～～っ」

扉の隙間から、ずるりと這い出すように長い金髪を引き摺《ず》る女が現れた。

……ぎゃあああああああああっ!?　金髪の貞◯～～～～っ!?

声を上げたいのに喉が機能せず、太一は心の中で大絶叫した。

「あわわわわわわわわわ」

得体の知れないソレは、床を這うようにして徐々に太一へと近付いてくる。

太一は咄嗟に「お札!? 塩!? それとも念仏!?」と面白いくらい取り乱す。

そんな最中にも、金髪〇子は着実に太一へと近付いていき、

「ひぃ!?」

太一の足首をガッチリと掴んできた。

このまま呪い殺されてしまうのか、などと思った矢先、

「うぅ……うつぎ～～……」

足元から、見知った女性の……しかしだいぶしわがれた声が聞こえてきた。

おそるおそる足元を見下ろす。そこにいたのは……

「ふ、不破さん!?」

金髪〇子の正体は、風邪で完全にグロッキー状態となった、不破満天であった。

◆

「三八度九分……昨日より上がってるわね……満天ちゃん、ごはんは食べられそう?」

「いい……」

涼子の部屋。不破を客間から移動させ、無理やりにベッドに寝かしつけた。冷却シートを替えながら、涼子が不破の額に触れる。

「あ～……りょうこんの手……冷たくて気持ちいいかも……」

などと、いつもの元気娘っぷりはどこへやら……

「う～ん……太一、悪いんだけど薬局に行ってゼリー飲料買ってきてくれない」

「わかった」

「いいって……なんか悪いし……」

不破が随分としおらしい。傍若無人が服を着て歩いているような彼女が、ここまで遠慮気味だと逆に不安を煽られる。

「なにかおなかに入れないと、体力落ちていっちゃうわよ。薬も飲めないし。ゼリー飲料なら、ちょっとは食べやすいでしょ」

「……（コクン）」

涼子の言葉に小さく頷く。

太一は気持ち足を速め、近くのドラッグストアからゼリー飲料をまとめ買いしてきた。

不破が薬を飲んで、ベッドで寝息を立て始めたタイミングで、二人は夕食を摂る。

「やっぱり夏風邪かしらね」

「たぶんそうじゃないかな」

「夏風邪って長引くっていうし……はぁ……私、明日は会社遅くなりそうなのに」

「また、前みたいにオレが一緒に病院行ってこようか？」

「その方がいいかもしれないわね」

と、二人で話していると、

「別に、大丈夫だから」

背後から声がして、振り返るとそこには不破がフラフラしながら立っていた。

「満天ちゃん、どうかしたの？　あ、水ほしかった？」

「（フルフル）……ちょっと、トイレ……それより、別にアタシのこと、そんな気にしなくていいすから……今も家に置いてもらってるのに……」

「別に気にしなくていいのよ？」

「アタシが、気にする……薬もちゃんと飲んだし……明日には、治ってるから」

とても今の状態からでは、そうは思えない。熱も高いうえに、食事も満足に喉を通らない。これでは治るものも治らない。

悪化する前に病院で処置してもらうべきだと思うのだが。

「じゃあ、アタシ寝る……ベッド、取ってごめん……」

「ううん。大丈夫。おやすみなさい」

「おやすみ……」

体を左右に振りながら、不破は涼子の部屋に消えていく。

太一と涼子は、心配そうに部屋の扉を見つめた。

◆

……結局、不破さんに押し切られちゃったけど。

『大丈夫だから……昨日買ってきてもらったゼリー飲料もあるし、薬もちゃんと飲むし。宇津木とりょうこんは、いつも通りにしてればいいから』

と、マスクの奥に赤い顔を見せられても説得力に欠ける。また昨日のように、床を這いまわっていなければいいのだが。

「……」

一時限目。まったく授業の内容が入ってこない。

視線がつい不破の席へと流れてしまう。

結局、二時限目も三時限目も、太一は授業に身が入らなかった。

……ダメだ。

結局、昼休み前の四時限目も、教師の話が右から左にすり抜けて行くだけ。

「………はぁ」

太一はため息を吐く。

直後、昼休みを告げる鐘が鳴った。

太一は教師が出て行ったのを見計らい、教室の中で会田たちの姿を探す。

「あ、あの……」

「ん？　ああ宇津木じゃん。なに？」

太一の声に反応した会田。不破グループ所属のギャル三人。相変わらず派手な見た目だ。

しかし現状、太一が声を最も掛けやすいのが、最も太一と縁遠いこの三人というのもおかしな話だ。

「オレ……今日、早退します」

「は？　なに？　宇津木も体調悪いとか？」

「ああいえ、そうじゃないんです……そうじゃないん、ですけど……とにかく今日は帰ろうと思います。なので、次の授業の先生にオレが帰った、って伝えてもらえると……」

しどろもどろになりながらも、なんとか不破のいない状態で三人に用件を伝えた太一。が、彼女たちは太一の方をじっと観察するように見つめてくる。胃が万力でねじ切られそうだ。

「それって～……もしかしてキララ絡み、とか？」

口元に意地の悪い笑みを張り付けて、伊井野がずいっと近づいてくる。

「え、と……まぁ、当たらずも遠からず、と言いますか」

「へぇ～」

「宇津木～……意外とアグレッシブじゃ～ん？」

太一の反応に会田や布山までがニヤニヤし始める。

「ＯＫ。そんじゃ宇津木は早退ってことで、先生には適当に伝えといてあげるから」

「は、はい。ありがとうございます」

「いいっていいって」

会田が太一の腕をバシバシと叩いてくる。この誰にでも気安い感じ、どうにもまだなじめない。

「それじゃ、あとはお願いします」

「はいは～い」

ギャル三人に見送られ、太一は教師に見つからないよう祈りながら、校門を駆け抜けた。

教室の窓から、妙に楽しげな三対の視線に見下ろされていることにも気付かずに……

◆

「やっべ……喉とか頭とかめっちゃいてぇ……」

今は何時だろうか。お昼頃だったらそろそろ腹になにか入れて、薬を飲んだ方がいいのだが。

……だるい。

体が重くて動くのも億劫。誰もいない他人の家。ひとりポツンと取り残されて、不破は気分が落ちていくのを実感。

「……気持ち悪い」

熱で思考がうまく働かない。体が汗まみれで不快だ。なのに起き上がる気力も湧いてこない。もう自分はこのまま死ぬんじゃないだろうか。

落ちていく感情は、より悪い想像を生む。

……強がらなきゃよかったかな。

なんとなく気持ちが幼くなっていく。

そういえば、母の仕事が忙しかった時も、ちょうど今と同じような状況になったことがあった気がする。

あの時も、シンと静まりかえった家に一人きりで、思わず泣きそうになってしまった。

たしか、小学校低学年の時だったか。

「……ママ」

と、小さく呟いた時、

『——ただいま〜。不破さ〜ん、大丈夫ですか〜？』

玄関から、声がした。

◆

……返事がなかったけど、寝てるのかな？

時刻は午後の一時半過ぎ。

学校を早退した太一。玄関を上がると、涼子の部屋の扉が開き、中から昨日よりさらに弱々しい様子の不破が顔を覗かせた。

「宇津木……？」

「不破さん!?　大丈夫ですか!?」

「……大丈夫」

なおも平気と言い張る彼女に、しかし太一は更に問いを重ねる。

「……本当に？」

「………ごめん。ちょっと……かなり、しんどい」

バツが悪そうに視線を逸らした後、ついに不破は観念した。

「はい。ご飯は食べましたか？」

「まだ」

「じゃあ、ベッドで待っていてください。昨日のゼリー飲料と、薬を持っていきますから」

「あと……」

「はい？」

台所に向かおうとする太一を、不破が呼び止める。その顔は熱とは違う赤みを帯びているように見えて、

「アタシのバッグから、替えの服と下着……持ってきて。あと、汗ふきたい」

「え？」

「じゃ、よろしく」

不破はのっそりと、緩慢な動作で涼子のベッドに戻っていく。扉の隙間から見えた彼女は、ベッドに腰掛けて額の汗を拭っていた。

……さすがに、恥ずかしがってる場合じゃないか。

太一は冷蔵庫からゼリー飲料とスポーツドリンク、そして風邪薬を用意し、そのままの足で不破の着替えを取りに客間へ向かう。ちょっと前は涼子の部屋に不破の下着もあったのだが、今は全てこちらに移動させてある。

……あった。

無地の白いブラとショーツ。不破にしては控えめなデザインだが、風邪を引いている時まで下着を派手にする意味もないか。あとは不破がいつも寝巻にしているシャツとパンツを持って

いく。最後に脱衣所から、汗拭き用のタオルを用意し、

「不破さん、持ってきましたよ」

「おう……てか、着替えっからちょっと出てて」

「わかりました」

着替えを渡して退室。しばらくすると「いいぞ」と小さく声が聞こえた。

彼女は着替えた服をそのまま脱ぎ散らかして、ベッドの縁《ふち》で横になっていた。

「不破さん？」

「宇津木……今何時？」

「えっと……午後二時ですね」

「まだガッコあんじゃん。なんでいんだよ」

「あはは……まぁ、なんとなくです」

「……ウザ。お節介かよ」

悪態を吐かれつつ、どうにもそれが強がっているようにしか見えなかった。

太一は、こんな時でも不破は不破らしくあろうとするんだな、と呆れつつも感心してしまう。

「脱いだ服、持っていっちゃって大丈夫ですか？」

「……好きにすればいいじゃん」

「はい」

床に散らかった服やら下着を回収していく。心の波は穏やかだ。そろそろ無我の境地に至れる気がする。が、

……あれ？　ブラが二つ？

いや、片方は先ほど太一が持ってきたものだ。

「あの、不破さん。これいいんですか？」

「は？　ああ、別にいい。息苦しくて今は着けたくねぇ」

「そうですか…………………っ!?」

え？　それはつまり、今の不破はブラをつけていない状態ということ？　あのシャツ一枚の薄着な状態で!?

太一は咄嗟に不破へ視線を向けそうになり、慌てて首を逆方向へ捻る……なんかちょっと嫌な音が聞こえたような気がした。

「と、とりあえずこれ、脱衣所に持っていきますから！」

無我の境地への道はまだまだ遠かった。

それからしばらく……

……なんでオレ……ここにいんの？

食事も終えて、薬も飲んで、ようやく一息ついたと思ったら、

『わざわざ帰って来たんなら、ここにいろし』

などと、不破はこちらに背中を向けて横になったくせに、ここにいろと言う。

手持ち無沙汰で仕方ない。特に興味はないのだが、姉の本棚に入っているミステリー小説を適当に読み始めた。

静かだ。呼吸の音、紙をめくる音、時計の針が進む音……

「……宇津木」

「はい？」

声を掛けられた。てっきり寝てしまったものとばかり思っていたが。

「その………あんがと」

「え？　すみません。よく聞き取れなくて。なんですか？」

「……なんでもねぇよ。寝る」

「ええ……」

困惑させられる太一。

背を向けたままの不破。そんな彼女の耳は、ほのかに赤みを帯びていた。

◆

翌朝――

「復活！」

朝っぱらから天井に拳を突き上げ、意気揚々とランニングの準備を始める不破。

昨日までのしおらしさはどこへやら。太一を叩き起こし、涼子の制止も振り切り外へ飛び出す。

まるで今日までの数日を取り返すかのように、不破は力強く足を回転させた。

元気になったのは結構だが、オンとオフの振れ幅が大きすぎやしないだろうか。

しかし、それはそれとして……久しぶりに学校へ登校した不破を待っていたのは、

『昨日はちゃ～んとくらやんに伝えておいてやったからな。宇津木の大切な人が～、病気になって～、心配だから帰った～、ってなw』

『ねぇねぇ、キララ～。マジのマジで宇津木と付き合ってんじゃないの～？』

『だってだって～、あの根暗で真面目一辺倒だった宇津木がさ～、学校サボるかとさ～、もうこれは確定だ～、って思うじゃ～ん』

『まぁぶっちゃけなんやかんやうまくやっていけんじゃんね？　なぁなぁなぁ？　もういっそのこと全部ぶちまけちゃえよ～』

などと、クラスのカーストトップに君臨するギャル三人が大盛り上がり。

クラス内では太一と不破が付き合っている、という空気が完全に出来上がっていた。

のだが……

「（プルプルプル）……お前ら～……」

珍しく不破を弄《いじ》れると思っていたらしいギャル三人。が、その目論見《もくろみ》は彼女の表情により砕け散る。

「「「あ、やべ」」」

「人のこと随分好き勝手言ってくれてんじゃね～かよ～」

人は怒りが臨界寸前だと、むしろ笑顔になるらしい。尤も、背後から湧き出る阿修羅のごとき怒気《オーラ》は一ミリも笑ってなどいないのだが。

「いい度胸してんじゃ～ん……全員歯ぁ食いしばれ～!!」

と、そんな感じで不破の怒りをまともに買った三人は、不破に長時間追い掛け回されることになったらしい。それはもう執拗に……

くわばらくわばら……

鬼ごっこを開始した不破グループに呆れる太一……しかし、そんな太一を面白くなさそうに西住が睨み……矢井田がそんな彼を、複雑そうな表情で見つめていた。

第三部 ✖ 間違ってはいない、うん、間違ってはいないけども……

放課後――学校最寄りの喫茶店。

地元の生徒行きつけの人気店。店長の趣味か、やたらと漫画が多い。しかし昔の渋いタイトルが並んでおり、今どきの学生向けとは言い難《がた》い。

しかしコアな漫画ファンからはなかなかに好評なようだ。それ以外にも写真映えするメニューが多く、女性ファンの獲得に成功している点もこの店に人気が出た理由のひとつであろう。

夫婦経営らしく、今は奥さんとバイトの女性二名ほどで店を回している。

ちなみに、ここの奥さんがなかなかの美人と評判で、男性客は彼女目当てでここを訪れているとかいないとか。

不破満天は窓際席に陣取って、ぶすっと頬杖をついていた。親の敵《かたき》と言わんばかりに。アイスコーヒーをガチャガチャとかき混ぜる。

視線は窓の外。唇を引き結んだ表情からは明らかに苛立ちが見て取れた。

「キララさぁ、ウチのこといきなり拉致っといて一人でぶすっとすんのやめろし～」

対面の席で霧崎は大きくため息を漏らす。放課後になった途端、不破から連絡が入りそのまま……

「あいつら、マジで好き勝手言いやがって……ああ思い出したらまた腹立ってきた～」

「どうどう……でも誤解だってすぐにわかったんでしょ？」

「まぁそうだけどさ。てか、なにをどうしたらアタシと宇津木が付き合ってるように見えるってんだよ」

……そう見えるから囃《はや》し立てられたんでしょ、とは思うものの、さすがにこれを言うと彼女の不機嫌に更なるアクセルを踏ませるだけなので黙っておく。

「でもウッディが学校を自分からサボってまでキララの看病をね～……」

別に今回が初めてではない。なんならつい先月も、キララと喧嘩した直後に、仲直りがしたい、という理由で学校から抜け出している。

しかし、彼のクソ真面目っぷりを傍から見ていた霧崎からすれば少し意外だった。

……う～ん……これ外堀埋めてやったら意外と……

不破はだいぶお冠の様子だが、彼女がガチの本気でキレたらこんなものでは済まないことを、霧崎は知っている。

つまり、否定はしつつ、宇津木と一緒にいることをどうこう言われることに、そこまで強い抵抗感はないのかもしれない。

「てか、別にアタシは一人でも問題なかったってのに……それを宇津木が勝手にお節介焼くから、こういう面倒なことになんだよ」

「まぁまぁ。ウッディなりに気ぃ遣ってくれたんだから」

「それが余計だってんだよ。ほんとにあのバカ」

なんて悪態を吐きつつ、先程まで氷をガシャガシャやってた動きが止まっている。

……まんざらでもないって感じかな、これ？

いや、どっちだ？　不破には霧崎でもいまだに感情が読み切れない時がある。

会田たちのことを話している時は露骨にご機嫌斜めなのが理解できたが、太一の話にシフトしてからはどうもどっち付かずな印象を受ける。

「とりあえず、心配はしてくれたんだからさ、あまり無下に扱うみたいなことはしないであげたら？　さすがに照れ隠しでもそれはダサいから」

「言われなくてもわかってるっつの」

「ならいいけど……てか、ならなんで今日はウッディと一緒じゃないの？　どうせこのあとそのままウッディんちに帰るんでしょ？」

「まぁそうだけど……今一緒にいたらまた変に勘繰る奴とかいそうじゃん」

「まぁ、ね」

こんなに面白くて話題になりそうなネタ、口に戸を立てられる人間がいるわけがない。

霧崎も他人だったら絶対に噂話に参加している。

「だから今日は別々。夕方になって帰ればいつも通りだし」

「それで付き合わされるウチの身にもなれってのー」

これでここの勘定が割り勘とか、納得できん。

「ていうか別々に帰るとか大丈夫なの？　今キララ、ウッディんちでお世話になってんでしょ？　ウッディと一緒じゃなくて、マンションは入れるの？」

「とりまカギは借りてっから問題なし」

「あ、そ。で、今回はなんでキララママと喧嘩したわけ？」

「べつに……家に帰ったら、テスト勉強はしてるの、とか訊いてくっから、してねぇ、って言ったらさ。めっちゃ小言かましてきて『このままじゃ留年する』とか言うからさぁ」

『だったら学校やめて働くし』と、不破は母親にそう言ったらしい。

途端に珍しく燈子の語気が荒くなるほど叱られ、大喧嘩に発展。結局母親の出勤時間が迫っていることもあり、喧嘩は途中で強制終了する羽目になったが、不破はそのままの勢いで家を飛び出し、今に至るというわけである。

「別に勉強とかしなくていいじゃん。数学も理科もどこで使うってんだよ」

「うんまぁ確かにね。でも珍しいね。キララママがそこまで怒るのって」

「もうめっちゃキレれらて意味わかんねぇし。だらだらガッコ行ってるくらいなら働いた方がマシだし。金にもなるし。でも勉強しても一円にもならねぇじゃん？」

「わかる。ウチも一学期の最初はそんな感じだったし」

「今は？」

「キララとウッディの絡みとか面白イベントあるのに見逃せないじゃん」

「おいこら」

「いいじゃん別に。こうして愚痴とか付き合ってあげてんじゃん。ここの支払いとか割り勘のくせに。そこまで言うならせめて奢《おご》れし」

やいのやいの。静かな喫茶店に女子高生二人の賑やかな声が響く。不破も最初と比べて苛立ちも収まってきたように見受けられる。

と、二人の座るテーブル席に一人の女性がクッキーが数枚入った器を持ってくる。

「ん？　あの、これ別に頼んでねぇすよ」

不破が相手を見上げる。そこにいたのは不破を超える身長のがっつり日に焼けた妙齢の女性だ。

長い黒髪を三つ編みにまとめ、怜悧そうな瞳にシャープな輪郭を持つ迫力のある美人。彼女こそここの喫茶店を経営する夫婦の奥さんであり、実質的なマスターでもある。

「これはあたしからのサービス。そのかわり、もうちょい声のトーンを落としてくれるかい？静かにしたい、ってお客もいるからさ、頼むよ」

と、彼女は片目を閉じて不破たちにそう願い出た。周囲を見れば、少し居心地悪そうにしている数人の客の姿が。

「あ、すみません。ちょい騒ぎ過ぎました」

「っす……」

霧崎が「たは〜」と謝罪し、不破が少し頭を下げる。マスターはニカッとやたらイケメンな笑みを見せて、「うん、素直でよろしい。ゆっくりしてってね」と去って行った。

なるほど。彼女目当てでここを訪れる客がいる、という噂が流れるのも納得だ。あれには男も、そして時には女すらも魅了される者が出る。

「あはは〜、怒られちった」

言いながら、霧崎は奢りだというクッキーをかじる。ザクッとした食感のハードクッキー。甘さ控えめの上品な味わい。この喫茶店の人気メニューの一つである。

「お、うまっ」

「だねぇ〜」

硬めのクッキーとカフェオレが合う。霧崎に勧められて不破も試しにひとかじり。どうやら彼女もその組み合わせを気に入ったようだ。

喫茶店らしい緩やかな時間が流れる。

が、ふと思い出したように、霧崎は表情が少し険しくなった。

「ああそうだ。キララにちょい話しておいた方がいいかなってのがあったんだ」

「ん？　なに？」

「うん。もしかするとウッディにも関わってくるかもな感じなんだけど」

「は？　なんであいつ？」

「うん……キララさ、覚えてる？　一学期のはじめ。キララがめっちゃ激しく喧嘩して、一緒に停学になった相手いたじゃん？」

「は？　……ああ、いたな。あの乳デカ女」

「実はさ……その『鳴無亜衣梨』が、停学明けてガッコに戻ってきてるっぽいんだよ」

「（ピク）……へぇ」

途端、不破の目つきがより鋭利さを増し、アイスコーヒーの氷をガツンとストローで再び一突きした。

◆

「……ということがありまして」

うん……この会話の切り出し方、前もしなかったか？

不破と霧崎が喫茶店で駄弁《だべ》っているちょうどその頃。太一は校内の図書館で鳴無と顔を合わせていた。

不破から『今日は別々に帰っから！』と言われ、時間をずらすために教室にいたところに、『ねぇ、よかったら放課後に時間取れないかな？』と鳴無に誘われ、今に至る。

「その噂、こっちにまで流れてきてたよ。やっぱり不破さんって目立つから、ちょっとしたことですぐに話が広まっちゃうみたい」

「そうみたいですね」

「ですね、って……他人事みたいに言ってるけど、宇津木君もちゃんと噂の的になってるって自覚ある？」

太一は「？」と首を傾げる。彼の反応に鳴無は「はぁ」と少しあきれ顔。

「その様子だと自覚はなさそうね。宇津木君。君ね、今は不破さんとセットで二年生の間でちょっとずつ認知され始めてるんだから」

「ええっ!?」

これまで陰を行く者（厨二的な意味ではない）を地で行っていた自分が、よもやクラスをまたいで知られているとは。

「最近、視線を感じる、とかなかった？」

「う～ん……どう、でしょう」

クラスメイトからならちょくちょく見られてるな、とは感じていたが。

「みんな、学校生活で刺激に飢えてるから、他人の、それも注目度の高い相手の『そういう』

ネタには敏感よ。特に女子は伝達速度がえぐいから」

「でも、実際オレと不破さんって、そういう関係じゃないんですけど」

「事実よりも虚飾まみれの噂の方がみんな面白いから。実際、本当のことなんてだ〜れも知りたいなんて本気では思ってないのよ」

「そ、そうなんですかね？」

「そうなの。そのせいでワタシも苦労したことあるしね……一年のころなんか、援交してるだのパパ活で小遣い稼ぎしてるだの、適当な噂を流されたりとかあったし」

「えっ!?　それ、大丈夫だったんですか？」

いくらなんでもそれは悪意に塗れすぎてやしないだろうか。下手をすれば停学どころか退学にだってされかねない。

「そもそもそんな事実はないんだから、何も問題なし！　……っていうわけにはいかなくてね。噂されるような行動は慎め、とか教師から的外れな釘の刺され方したわ。ワタシが何したってのよ、って感じで。さすがにキレちゃいそうになったわよ」

「……すみません」

「うん？　なんで宇津木君が謝るのよ？」

「いえ、その……オレのせいで、いやなこと思い出させちゃったんじゃないかな、って」

「……宇津木君って」

「は、はい」

急にじっと見つめられて、思わず姿勢を正してしまう太一。

「ちょっとバカ真面目すぎない？」

「ええっ!?」

「っぷ、あははははっ！　ごめんごめん、冗談だから。気を遣ってくれてありがと。でも、大丈夫。最初の頃は色々と言われて落ち込んだりもしたけど、今は全然平気。ちょっと切っ掛けがあってね、そういうのは気にするだけ無駄、ってわかったから」

だから気にしないで、と彼女は手をヒラヒラと振って、なんでもないことだと訴える。

実際、彼女はまるで気にした素振りもない。が、それでも誰かの悪意に、傷付くことに慣れてしまったのだとしたら――

……それは、ちょっと悲しいかも。

不破のように、悪意を前にしても真正面から受け止め、挙句に粉砕するような剛の者もいる。しかし、それは本当に少数で……きっとほとんどの場合、彼女のように受け流すことを覚えてしまう。

それは、たぶん正しいのだ。

だが、正しいからといって、無条件に肯定できるものではない。

「あの、鳴無さんって、今もそういうこと、言われたりするんですか？」

「ん？　まぁたまにあるかな？　ワタシ、女子から嫌われるタイプみたいだから」

「そう、ですか……」

「宇津木君ってば、ほんとに優しんだ♪」

どこか茶化すような、そんな彼女の態度に、太一は思わず、

「無理、しないでくださいね」

「え？」

「嫌なこと言われたら、誰だって気分は良くないです……」

そういう気持ちに蓋をし続けると、どこかで限界がきて、挙句には心が壊れてしまう。言葉は重く、鋭い。その自覚が、まだ高校生である自分たちには足りていない。

だというのに、互いの気持ちは言葉がなくては伝わらない。まさしくジレンマである。

鳴無は、心底意外なものを見るような目で、太一を見つめ返してきた。初めて見る彼女の反応に、太一は慌てて謝罪する。

「あっ。す、すみません！　オレ、なんか勝手に鳴無さんのこと語っちゃって」

「ううん。ありがとう……宇津木君、そんなにワタシのこと気にかけてくれるんだ……なんだか、嬉しいな」

艶のある唇で声を紡ぎ、まるでにじり寄るかのように太一の肩に触れ、体を密着させてくる。

「お、鳴無さん？」

「ワタシ、もっと宇津木君と仲良くなりたい……ねぇ、宇津木君。どうせならさ、このまま一気に、ワタシたちの親密度、上げていきたいと思わない？」

耳元で囁かれ、背筋を甘い痺《しび》れが駆け抜ける。それはまるで、脳を溶かす毒のようで、

「宇津木君さえ、よかったら……今度の週末に、ワタシと――」

デート、しない？

人を虜《とりこ》にする、極上の甘露のようであった。

◆

翌朝、早朝のランニング。

今日も今日とて、不破と共に涼しい空気を纏って町内をひた走る。七月に入り随分と気温も高くなってきたが、いまだ早朝の空気は肌に触れればほんのり冷たい。

しかしあと少しすれば、この時間から汗ばむ陽気が辺りを包んでいくのだろう。

学校指定のジャージと、スポーツブランドのスポーツウェアが並走する。

お互いに慣れたペースをキープし、額にうっすらと汗を浮かべて足を交互に前に出す。

始めたばかりの頃はぎこちなかったフォームも、随分と様になってきた。途中から息切れを起こし、死相を前面に押し出してバッタンバッタンと無様な走りを披露することもない。最近

はペースも上がり、走る距離も少しずつ増えてきた。

着実に身体機能が向上している実感が湧いてくる。

六月末に計った時から、不破の体重も更に落ち、彼女はもうすぐ太る前の状態へと完全に戻るところまで、体が絞られてきた。

心なしか、依然と比べて肌艶まで良くなった気さえする。

日々の習慣が確実に彼女を良い方へと変えている。この分なら、不破が再びモデル業で日の目を見る日も遠くない。尤も、彼女にその気があれば、の話だが。

目に見える成果に、不破はより一層ランニングに気合いが入る。

が、そんな中にあって、不破は隣で走る太一の様子が気になった。

横目に彼を見遣《みや》る。走る速度に問題はなく、難なく不破と並走できている。

しかし太一の視線は前を見ているようで、その意識はどこか上の空。

ランニングコースの途中には、いくつか交差点があるのだが……太一は危うく、赤信号の真っ只中に突っ込み掛けて、不破をヒヤッとさせる場面がいくつもあった。

「おい宇津木、今日なんかすげぇぼうっとしてね？」

「え？　そう、ですか？」

「そうだよ！　赤信号に二回も突っ込んでくとかありえねぇから！　マジで死にてぇのか!?」

「い、いえ、そんなことは……すみません」

「謝んならもっとシャンとしろよ」

今の太一は明らかに注意力が散漫だ。周りがまるで見えていない。このまま行くと、本当に事故を起こしかねない有り様だ。

「はぁ……っ。ああもうダメ！　今日はもう切り上げっぞ！　こんな状態でまともに走れっかよ！」

「すみません」

「いやマジで反省しろし……つか」

が、不破は太一がこうなった原因に、心当たりがあった。

「あんた、最近——鳴無亜衣梨と会ってんだろ」

「え？　はい。知り合ったのは、つい最近ですけど。といいますか、不破さん、鳴無さんのこと知ってて」

「チッ……やっぱりか……鳴無亜衣梨、あんのクソ◯ッチが……っ！」

不破は声に怒気をのせ、まるで吐き捨てるように彼女の名前を口にした。

「ク、クソ◯ッチって……」

「宇津木、今すぐそいつと縁を切れ」

「……はい？」

一瞬、なにを言われたのか、理解できなかった。

「連絡先も消せ。もう二度とあいつとは会うな……あんな女、付き合うだけ時間の無駄だ」

「ちょっ、ちょっと待ってください！」

急になんだ？　まるで癇癪《かんしゃく》でも起こしたとしか思えない不破の様子に、太一は面食らう。

これまでだって脈絡なく不機嫌になることはあった。しかしここまで一方的なのは……まぁあったかもしれないが……それにしたって、いきなり縁を切れとは穏やかじゃない。

「いったいなんなんですか急に？　縁を切れって」

「いいから言うとおりにしろ！　あんな、誰彼構わず色目使うような女」

「っ……」

不破の言葉に、太一の表情にも険が宿る。

「なんで、そんなひどいこと、平然と言うんですか？」

「ひどいもなにも、全部事実だからに決まってんだろ」

「そんな……」

太一は愕然とした。不破は、たしかに敵対した相手には男だろうが女だろうが容赦なく、苛烈に攻める人間であることは知っている。

それでも、

「不破さん、実際に鳴無さんが、いかがわしいことをしてるところを見たんですか？」

「ああっ？　実際に見なくてもわかるっての！　だいたい！　そうでもなきゃな——」

「もういいです！」

太一は不破の言葉を遮った。

……不破さんは、憶測だけで相手を貶すような……そんな人じゃないと思っていた。

だが、所詮それは自分の勝手な幻想だったのか。

「鳴無さんは、心無い噂話を何度もされて……それでも誰も責めないで、耐えるような人で……」

不破にだけは……自分が憧れた相手にだけは、そんな汚い噂で相手の名誉を汚すような真似を、して欲しくなかった。

「オレは鳴無さんとの関係を続けます。たとえ、不破さんになんと言われても」

「っ！　いいか宇津木！　あの女はなっ」

「オレが誰と付き合うかは、オレが決めます！　口出ししないでください！」

早朝の住宅街に、太一と不破の険悪な声が木霊《こだま》する。何事かと家から顔を出す住人たち。

しかし太一と不破のビジュアルに声を掛けられない。

「ああそうかよ！　だったら勝手にしろ！　その代わり、何があってもアタシはもう知らねぇからな！」

ドン、と不破は太一の肩を突き飛ばすと、険しい表情のまま踵を返し、元来た道を引き返していく。

二人の様子を見ていた者たちは「痴話げんか？」、「不良同士で揉めんなよ。よそでやれって」、「こ、怖かった～」などと言って、そそくさと家の奥へと引っ込んでいった。

その場に残された太一は、不破にあてられた肩をさすりながら、「オレは、なにも間違ったことは言っていない」と、まるで自分に言い聞かせるように呟きを漏らした。

◆

「だぁぁぁぁ!!　マジでムカつく！　なんなんあいつ!?　人がせっかく親切で言ってやってんのにさぁ!!」

「いや、キララ。それはさすがに言い方がマズイって……それじゃ聞く耳持つ前に反発したくなるってば」

不破は太一と喧嘩別れをした勢いのまま、霧崎に怨嗟《えんさ》まみれの連絡を入れ、彼女を巻き込んで学校をサボタージュ。二人はそのまま駅ビル地下のフードコートで顔を突き合わせ、不破は霧崎に太一との件を愚痴り続けていた。

「まぁキララの気持ちはわからないでもないけど、相手はウッディなんだし、もちっと穏やかにさぁ」

「……」

不破は不貞腐れたようにカップ容器に入ったレモネードを勢いよく吸い上げる。

不破が何度も噛むのを繰り返したせいでストローは完全にベコベコだ。霧崎はそんな相方に苦笑するしかない。

「はぁ……キララは相変わらずだねぇ。でも鳴無がウッディにちょっかいかけてんのはちょいマズイかも」

「もう知るかよあんな奴」

「言うと思った。でもほんとにいいの？」

「いいんだよ！」

「ウッディんちで世話んなってるのに？　風邪の時だって看病してくれたのに？」

「……」

……あ、目逸らした。わかりやす。

正直な話。不破もこう見えて、太一のことはそれなりに気に掛けているのだ。

……でも、まさかウッディがキララに噛みつくなんて。

これは、かなり鳴無に入れ込んでる可能性があるかもしれない。

「まぁ、キララがあの女のことになるとムキになるのは理解できるけどさ」

だいたい半年ほど前からか、鳴無が不破の人間関係にちょっかいを掛け始めたのは。

不破と親しくなった男友達に度々接触しては、横からかっさらっていくというのを繰り返してきた。

ある時は、女友達でさえ不破から奪い、挙句「飽きちゃった」の一言で関係を切った。

彼女と関わり、関係を断たれた生徒は、みんな一様に彼らにまつわる悪い噂が広まり、孤独となった。

そして、事件は起きた——

不破が二年に進級した四月。不破と一年の頃から親交のあった男子グループ……その中の一人が、鳴無によって精神を壊されたのだ。

それを不破に問い詰められた時、鳴無は、

『あはっ♪　彼が勝手に本気になっただけじゃな～い。ワタシにはその気なんて、さらさらなかったのに……勘違いされて、むしろ困っちゃったくらいなのよ、ワタシ』

などと……

ついに耐えかねた不破が鳴無へ詰め寄り、最後には殴り合いの喧嘩にまで発展。

教師たちに強引に引き剥がされ、二人は仲良く停学処分を喰らう羽目になったわけである。

それが一学期の初めにあった出来事の顛末《てんまつ》。

しかし不気味だったのは、不破がかなりの剣幕で鳴無に殴りかかっていたのに対し、鳴無は終始口元に笑みを浮かべていたこと……それを挑発ととった不破が、更に感情を爆発させて殴り合いはエスカレートしていく羽目に。

なぜ鳴無は、不破にこうまでちょっかいを掛けるのか。よほど不破のことが気にくわないのか。それとも、ただ略奪を愉しんでいるだけなのか。

どちらにしろ、不破も、彼女に関わってしまった人間も、災難でしかない。

しかし、今回のターゲットはよりにもよって太一ときた。友人関係の経験値が不足している彼に、鳴無は不破とはまた別のベクトルで、劇薬すぎる。

「とりま忠告はしたからね。それでなんもしないなら、あとはウチも知らないから」

これは不破と太一の問題である。霧崎としても完全に他人事とは言えないかもしれないが、必要以上に踏み込むつもりもない。

友達だからとなんでもかんでも首を突っ込むのは違う、というのが霧崎のスタンスだ。

頼まれれば助言もするし、少しくらいなら手助けだってする。

だが、最後にどんな結末を選ぶかは当人の問題。そこに霧崎は責任を持てないし、持つ気だってない。

「キララ」

「……なんだよ」

「あとから『ああすればよかった』って愚痴、ウチは聞くつもり、ないからね」

「……うっせぇよ、ったく」

不破は悪態をついて、カップに残ったレモネードを吸いあげる。後には、ズズズ、となんとも間の抜けた音が響いた。

霧崎は呆れをたぶんに含んだため息を吐き出し、なんでこう面倒くさいかなぁこいつ、と手元の無糖紅茶に口をつけた。

◆

――結局。

不破と太一はお互い、アレ以降とくに言葉を交わすこともなく、ダラダラと時間だけが過ぎていった。

マンションの中……太一も不破も、時折相手を気にする素振りを見せつつ、互いを避けるような生活を送る。涼子が声を掛けても、「なんでもない」と二人は答えるばかり。

しかし太一は、その後も不破に宣言した通り、鳴無と連絡を取っては、彼女との時間を共有していく。

『ホームルーム前に図書館で会えない？』

『デートの予定とか一緒に立てよ』

そんな折、夜に鳴無からメッセージが届いた。

翌朝――学校に着いたのは朝の七時五〇分。普段より少し早い程度。太一の通う高校の図書館は校舎西側の比較的閑散としたエリアにポツンと存在している。

利用者もそこまで多くはなく、いつ来ても人けはまばらだ。秘密の話をしたり、こっそり会ったりするなら以前の空き教室の次におあつらえ向きと言える。

図書委員の人間もこの時間から仕事があるはずもなく、年配の女性がひとりカウンターで業務をしているのみ。まさに密会の絶好機。

「さて、それじゃ時間もあまりないし、ささっと週末の予定を立てちゃおっか」

「っ……そ、そうですね」

「ふふ。緊張してる？　もしかし宇津木君、女の子とこういうことするの、初めて？」

「う……はい」

「そっかそっか。それは光栄。ワタシが君の初めての人になっちゃうわけだ」

「〜〜〜〜っ！　は、初めてって……」

「あはは っ。ごめんごめん。反応が可愛《かわい》くてつい、ね。ワタシ、気に入った相手にはちょっといじわるしちゃうみたい」

またそういう恥ずかしいことを平然と口にする。しかし経験値的に太一には歯が立たない相手。顔を赤くして手の平で転がされる。が、それがどうしてかそこまで不快には感じない。

「それじゃ、土曜日の十時に駅ビルの喫茶店に集まって隣町でデート、って感じでどうかな？　それで、向こうに着いたら早めにお昼摂って、午後はゆっくりするって感じ」

「いいと思います。あ、それならオレ、実はちょっと気になってるお店があって」

以前、不破と霧崎が話題にしていたお店があったのを思い出す。店が隣町にあることから、交通費を掛けてまでは……ということで結局は行くことはなかったのだが。

「へぇ。それってなんてお店なの？」

「確か、ナポリタンのお店だったかと。場所は……あ、ここです」

スマホに店の情報を表示させる。

「へぇ。ここかぁ……駅からちょっと歩くけど、確かに美味《おい》しそう」

鳴無の反応は概ね好評のようだ。

そのあとも、二人はどこで遊ぶかを話し合う。

少し意外だったのは、てっきりデートイコール映画のようなわかりやすいスポットに行くのかと思いきや、「お互いの趣味がまだよくわからないし、二時間も拘束されて面白くなかったら、その後の時間が虚しくなっちゃうから」と候補から真っ先に外されたことだ。

しかし納得できる話ではある。興味もない映画を延々と、それも金を払ってまで観たいとは思えない。

「う～ん……駅の近くになると、お店かゲームセンターくらいしか遊べるところなさそうかなぁ」

「そうですね……」

　正直、そこまで予算は潤沢ではない。特に駅の周りは、学生には少し値段設定の高い店が多く、ほぼウィンドウショッピングになることは間違いない。いや、別にそれが悪いわけではないのだが……

「あ。なら、こんな感じはどうですか？　例えば、駅の近くで少し遊んでから、帰りはバス経由で戻ってきて、途中にあるこの『スパリゾート』で遊ぶ、みたいな感じでは」

　太一が提案した施設……そこは、かつて不破が足首を怪我した時に訪れた、あのスパリゾートであった。

「ああっ、なるほど。確かにこれならこっちに帰ってきながら遊べるわね。水着があれば、あとは施設の利用料だけでなんとかなるし」

「どう、ですか？」

「うん、いいと思う！　これでいこっか！」

　どうやら鳴無に気に入ってもらえた様子。太一はホッと胸を撫でおろした。

「ふふ……土曜日が楽しみ♪」

「はい。オレも……楽しみです」

「うん♪」

　女の子と二人きり。隣町を経て、スパリゾートで彼女とデート。不破の時とは違う、確かな高揚感に包まれる……だというのに。

……不破さん。

そんな中でも、不破の必死な顔が脳裏をよぎり……その度に太一は、頭を振って目の前の鳴無に意識を集中させた。

――そして、不破との関係も微妙な状態が続く中、太一はついに、鳴無とのデート当日を明日に控えるところまで来た。

◆

――状況はかなりうまくいっている。

鳴無は自室のベッドの上に寝転がり、太一とのトーク画面を前に口角を上げる。

「最初はどうなるかと思ったけど……」

彼は要するに、警戒心が人より少し強いだけ。やはり自分を前にして、落ちない男などいない。

姿見に映る自分の姿……しかし、次の瞬間には鳴無から表情が消えていた。

……醜い顔、醜い体。

こんなものが、男どもは大好きだ。その辺を歩くだけで注目を集める。視線を感じない日など、ないくらい。

「ああ、でも」

どれだけ男たちから好奇の目を向けられても、彼女はいつだって、堂々と揺るがない。世界の全ては自分を中心に回っている、そう言って憚《はばか》らないような、傲慢で不遜な態度。そのくせ仲間想い、絶対的な自信に満ち溢れたあの眼差し……不破満天。

彼女は、自分にないものをすべて持っている。そんな彼女が、

「ねぇきらり～ん……なんであんな男を傍《そば》に置いてるのかな～？」

とんでもなく目つきが悪い以外、特にこれといってパッとしない男、宇津木太一。

初めて出会ったとき、誘惑を躱《かわ》されたのは意外だった。あの手の女慣れしていなそうな男は、少しでも隙を見せてやればすぐにノッてくると踏んでいたのに。

『鳴無さん、オレのこと、からかってますよね？』

まさかあのタイミングで冷静になるとは……確かに鳴無は太一に本気で恋愛感情を抱いているわけじゃない……しかし、それでもあそこまで場の空気を温めたというのに、梯子《はしご》を外され、挙句、

『もし悩みがあるなら、オレも話を聞くくらいは、できますから』

「はっ……」

鳴無は手近なところにあった人形を掴み、壁に向かって投げつけた。

「そういうムーブできるキャラでもないくせに」

まぁいい……当初の予定からいくらか狂いは出ているが、概ねこちらの思惑通りに事は運んでいる。

……ふふ。きらりん、今度はどんな顔するかな？

「また見たいな、きらりん、きらりんの…………姿……ふふふ」

◆

本日は晴天なり。

梅雨も終わりカラッとした空模様が続く中。

いよいよ迎えたデート当日。降水確率０％。窓の外は曇りなき蒼《あお》。気温二三度、例年と比べ若干低め。しかし動き回ることを考えると丁度良い陽気だろう。

宇津木太一は洗面台の前で、髪のセットを入念に、それこそ普段では考えられないほど慎重に丁寧に、顔の角度を変えてはおかしなところがないか確認する。

尤も、彼はいじれる髪型が一つしかないため、どれだけ手を加えたところでそこまで大した変化があるわけでもない。

要は気持ちの問題だ。

しかし一ヶ月前の太一であれば、たとえ女性と外で会うとなったとしても、特に自分の姿になどこだわりを持つことはなかっただろう。

不破を始めとした女性陣から身だしなみについての指摘を受け、少しずつでも改善してきた結果、彼の意識にも変化が表れてきた、そういうことなのだろう。

とはいえ、そんな不破と今は絶賛冷戦状態なわけなのだが……

あの日から、日課のランニングも別々の場所を走り、市民プール通いも時間をずらしたり、互いに離れたレーンで泳いだりと、近くにいるくせに、やたらと互いに相手を遠ざけていた。

不破との一件がわだかまりのように胸の内で絡みつく。これさえなければ、今日は本当にただ純粋に鳴無との外出を楽しめたのではないか。

太一はまだ自分の姿に悩みつつ、洗面台の上におかれたスマホの時間表示を確認し「そろそろ出なくちゃ」と自分いじりを諦める。

現在部屋には太一ひとり。涼子は土曜日で半日は仕事。不破は特になにを言うでもなく一人で勝手に出かけて行った。シンと静まり返ったリビング。

これから楽しい時間が待っているにしては、妙に物寂しい気配が漂っている。

しかし太一は頭を振って、思考を切り替える。

スマホに財布、ハンカチ、ポケットティッシュ、最後に鍵をポケットに突っ込む。

生憎と外に持って行けるようなバッグの類は持っていない。ほぼ身一つ。身軽と言えばいいのかツメが甘いと言えばいいのか。

時刻は午前九時。余裕をもってマンションから出る。

空を満たす、青い無窮《むきゅう》のはてを仰ぎ見て、太一は待ち合わせ場所へと向かった。

——物陰から、自分に向けられる二対の視線があることにも気付かずに。

◆

……ウチはなにをやらされてんだろう？

マンション脇の駐車場と通りを隔てる壁から顔を出す二つの影。

マスクとグラサンにキャップという、どう考えても怪しさしか漂わない風貌の二人組。

視線の先には、先ほどマンションを出た宇津木太一。

キャップからはみ出す髪は金、そして毛先に赤いグラデーションが入った黒。言うまでもなく、不破と霧崎である。

「ねぇ、マジでやんの？」

「やる。あのバカ、鳴無がどんだけクソ○ッチで性悪かわかってねぇんだよ」

そりゃ相手だって本性丸出しで接するわけがないわな。

「だから、あの女が正体現したところでアタシらが割り込んで、二人もろともシメる」

「いやいやいやいや」

鳴無はともかく、太一までシバく必要はないだろうに……とはいえ。

……でも、キララがここまでするって、何げに初めてなんじゃないかなぁ。

なんやかんやと、太一のことを『特別』気に掛けているのは明白だ。

地域住民からの奇異の視線に晒されながら、二人は太一の背中を追跡する。

「なんつうかさぁ。宇津木が今の宇津木になったのってアタシのおかげじゃね？　痩せたしダッサイ服とか髪もちょいマシになってさ」

「うう～ん……まぁ、ね」

以前、霧崎はまだ太っていた太一の写真を見たことがある。

髪は長く目元が隠れ、清潔感はほぼ皆無。ぽっちゃりしている以前に姿勢も悪く、服装の印象もあいまって、あまり積極的に関わりたいとは思えない姿であった。

「思うんだけどよ。もし宇津木が前のまんまだったら、クソ◯ッチも誰もちょっかい出そうとか思わなかったんじゃね、って」

「ああ～、うん」

……ウッディごめん。でも同意。

内心で太一に頭を下げつつ、それでも以前の太一であれば、霧崎も敬遠していた可能性が非常に高い。

そう考えると、前の太一であれば、鳴無も不破と彼の関わりを「なにかの間違い」と接触してくることもなかったのではないか。

可能性の話ではあるが、まったくないとも言い切れない辺り、太一の人となりを表している。なんとも切ない実態だ。

「なのによ、人がコツコツ育てた男を横から持ってかれるの、面白くねぇじゃん」

「まぁね」

「だろ？」

メチャクチャな言い分ではあるが、納得できないこともない。

要は、自分の育てた農作物を害獣害虫に食い荒らされる心境に近い……それは果たして人間扱いされていると言えるのか。甚だ疑問である。

……まぁ、独占欲の対象になってるのは確かかな。

不破と霧崎は太一の後を追う。

困惑の事態が、より混迷を極めていくような……そんな気配をプンプン匂わせていた。

◆

午前九時半。太一は駅前でそわそわと落ち着きがないご様子。駅ビルの建物中央に設置されたバカでかい時計で時刻を逐一確認。

首が上に行ったり下を向いたりと忙《せわ》しない。お前は福島の郷土品か、と突っ込みを入れたくなるほどである。

待ち合わせ時間は一〇時。

完全に手持ち無沙汰。なにをするわけでもなくただ駅前に立ち続けるだけ。しかし人間暇な時ほど余計なことを考える。

服装は本当にこれでよかったのか、髪型は崩れていないか、ＴＰＯに反したものになっていないか、シャワーは念入りに浴びてきたつもりだが、それでも不快な臭いを漂わせてはいないか……ｅｔｃ。

太一は鳴無と人生初のデートイベントを目前に心臓がやばいほど脈打っている。未知なるものに対する恐怖心にも似た感情。さっきから脳内では「失敗したらどうしよう」などという全くもって益体《やくたい》もない考えが浮かんでくる。

彼の強張った強面《こわもて》フェイスを前に通行人が距離を取り、そこだけぽっかりと半円状の美しい空間が出来上がってしまったではありませんか。

これぞまさしくリアル領域展開。週末の穏やかな空気をジェノサイド。

尤も、そのご本人もこれから盛大に爆発を決めるイベントへ挑む前段階。

果たして今からこんな調子で大丈夫か。のっけから不安しか感じさせないあたり、さすがと言うべきか。

そんなこんなで時刻はもうすぐ一〇時——

「あっ——宇津木く〜ん！」

「っ！」

聞きなれた声が彼の鼓膜を震わせた。人であふれる駅前、音の出所を探《さぐ》って首を巡らす。

そして見つけた。そこにいたのは見間違えようもない、休日仕様の鳴無であった。

ノースリーブのシャツに、脚線美を強調するかのようなベージュのパンツ、腕にはシンプルな銀のバングル。もはや女子高生というより、大学生といって差し支えないファッションであった。

周囲の男連中が、彼女の姿を視界に収めて思わず視線をロックオン。ついでにカップルだろうか……鳴無につい視線をやってしまった男に女がライドオン。熱量の籠ったダメージ判定付きのスキンシップが繰り広げられる……くわばらくわばら。

「ごめん、待たせたかな？」

「だ、大丈夫です」

「そう？　ならよかった」

バクバクとやかましい心音は十六連打のごとく。

そんな彼を横目に、鳴無はふと視線だけを駅とは逆の方へチラと向ける。

すると、視界の片隅に、コソコソと見え隠れする存在を捉え、彼女はスッと目を細めた。

しかし太一は緊張のあまり、彼女の変化に気付かず……鳴無は次の瞬間には、何事もなかったかのように顔を上げ、

「それじゃ、さっそく行こっか」

「え？　ちょっ!?」

「ほら早く」

鳴無は太一の手をホールドし、駅構内へと小走りに入って行く。週末という事もあってか、なかなかの賑わいっぷりである。

しかし鳴無は、民衆の群れの隙間を縫うようにひた走る。なんと優れた空間認識能力か。太一は雑踏の中、彼女に手を掴まれどんどん奥へと導かれて行く。

途中、彼女は幾度か後方を振り返り、改札の少し手前まで来たところで足を緩め、「もう大丈夫かな……」と、誰にともなく呟いた。

「あ、あの……どうしたんですか急に？」

「うん？　ああ、ごめんごめん。ちょっと知り合いの顔が見えてね。さすがに見られるのは恥ずかしくて、ちょっと慌てちゃった」

今日はちょっと気合い入れて来たから、と彼女は続ける。

しかしその知り合いとやらのことは、どうやら撒くことができたらしい。

それはともかく、さっきから手を握りっぱなしである。太一は自分とはまったく異なる細く

しなやかな手の感触に、顔が熱くて仕方ない。

「ねぇ、せっかくだし、このまま行こ？」

彼女は繋がれた手を上げ、はにかんだ顔を見せた。大人っぽく、あどけなく、年上のように見えて、ときおり年相応。

コロコロと表情を変える鳴無の魅力に、太一は無言で彼女の提案を受け入れた。

もしこの時、彼の手がフリーであったなら、そのゆでだこ状態の顔を隠すのに、さぞ必死になっていたことであろう。

◆

一方その頃、太一の後を追っていた不破と霧崎は……

「はぁ!?　ちょっ!?」

目の前でいきなり駅の中へと走り去って行った二人の姿を慌てて追いかけるも、

「ちょ、人多すぎだし！」

「キララ、これ、無理だって！」

「ああ、くそ！」

人の壁に阻まれ、追跡を断念せざるをえなかった。

「あいつらどこ行った!?」

「はぁ……キララ～。今日はもう諦めようよ。これじゃもう見つからないって」

「だぁぁぁぁっ!!」

キャップを外して髪を掻きむしる不破。

……クソが～。

「宇津木のやつ。あんのクソ○ッチにまんまとなびきやがって！　飼い主はアタシだろうがよ！」

「いやキララ。人前でその発言は色々とアウトだからやめようか……」

霧崎は簡易変装セットをパージして中から呆れの表情を見せた。

「つか、もしかしてウチらがいたの気付かれた？」

「じゃねぇの。でなきゃあんな風に逃げねぇだろ普通」

「それなりに距離あったと思うんだけど……」

もしも勘がいいという話ならそれこそ野生動物なみである。

或いはそれだけ太一と会うのに周囲を警戒していたのか。

いずれにしろ、気付かれた挙句に逃げられてしまった以上、もはや追跡は不可能。

というより、どの方角へと走って行ったのかさえ不明だ。もしも電車を利用したなら、どこのホームからどの方面に向かったのか。これを捜索するとなれば、もはや興信所か刑事ばりに足を駆使し聞き込みを繰り返す羽目になる。

当然そんな労力も時間もない。つまるところ、ゲームセットである。

「ああ、くそっ！」

不破はマスクもグラサンも取っ払い、周囲をビクつかせるほどの音量で声を張り上げた。

「とりあえず、今日はもう帰ろ……今日何があったかは、あとでウチがそれとなくウッディに探り入れといてあげるからさ」

霧崎の提案に、不破は不満を隠すようすもなく、さりとてこれ以上どうしようもないことを理解して……

「はぁ……もういい！　メシ行くぞ！」

不破と霧崎は、二人の追跡を諦めた。

◆

太一と鳴無は隣町へと到着。地元と比べて駅周辺の施設が充実し、ホームから無数に延びる通路は街の各所へと繋がっている。

都心部というほどでもないが、土地勘がない人間がここを訪れると迷子は必至。駅のホームから出ると、主に東側と西側へと出る通路に分かれ、太一たちは東側通路へと向かう。

「お店、オレが案内します」

「それじゃ、エスコートお願いしちゃおっかな」

事前に調べておいたおかげか、なんとかまごつくことなく目的地へ歩く。駅を出ると正面にはペデストリアンデッキが広がっている。奥に見えるビル群の影響か地元と比べても空の面積は狭く感じられる。

デッキを少し歩くと眼下にアーケード街が見えてきた。今日が休みという事もあってか、アーケードを行きかう人の流れはまるで途切れる様子がない。中に入った途端、両サイドに展開された商店から賑やかなBGMが耳の中へ飛んでくる。

色彩豊かに、ジャンルもバラバラな店が雑多に並ぶ様は簡易的な繁華街のよう。パチンコ店のネオンがぎらつくエリアは、その音もけたたましく、活気というよりはもはや騒音に近い。

鳴無と並んで歩くこと一〇分弱。アーケードを抜けて通りを少し外れるとビジネスホテルが見えてきた。

しかし一階部分にはデフォルメされたシェフのイラストが描かれたボードが立てかけられている。メニュー表にもしっかりとナポリタンの写真が掲載されていた。

「あ、ここですね」

「へぇ、なんかここ隠れ家みたいでちょっとワクワクするかも」

入り口を入ってすぐ券売機に出迎えられる。太一と鳴無は初めて来たということで、シンプルなナポリタンを注文した。

カウンター席で待つことしばらく、

「わぁ、美味しそう」

「食べてみましょうか」

時刻は十一時四〇分を少し回ったあたり。

しかし既に席の大半が埋まり始めていた。外からは次々と客が入店。この調子ならあと少しもすれば満席確定である。

「早めに入っておいて正解だったね」

「そうですね」

お昼ぴったりに入ったなら、きっと余計な待ち時間を取られていた。せっかくのデート、時間は有効に活用していきたいもんである。

「う～ん♪　これ美味しい」

「はい」

どうやら当たりの店を引き当てられたらしい。誘った手前、美味しくなかったらどうしようと気を揉んでいたが、どうやら杞憂《きゆう》に終わってくれたらしい。たまには神様も気まぐれにいい仕事をするようだ。

二人はこの後の予定について話しながら、ナポリタンに舌鼓を打った。

◆

時刻は一二時半。二人はレストランを後にして、アーケードへと戻ってきていた。

相変わらずの人の多さ。お昼時を迎えてより過密さが増した気がする。さながら満員電車の気分を味わっているかのようだ。

加えて人の流れは一定ではない。外へ向かうもの、奥へ進んでいくもの。人が入り乱れて危うく肩がぶつかりそうになる……なんてことも実はなく。

「ひっ……」、「(サッ)」、「っ……！(ビクッ)」

先ほどから、すれ違う人すれ違う人……皆が太一の姿を認めるなり、通りの端へと逃げていく。人波が自分から割れていく様は、外から見ている分にはなんともシュールな光景だ。

鳴無はそんな状況を太一の隣で観察しながら「ふ～む。なるほど。これはなかなか」と頷いた。

「なんていうか、皆が宇津木君を見てよけてくの、けっこう面白いね」

「えっ!?　オレが避けられてるって。そんなこと」

ふいに向けられた鳴無の発言に太一は「まさか」と聞き返した。

「あれ？　気づいてなかった？　宇津木君、見た目ちょっと怖そうな感じしてるから、み～んな端っこに寄ってってるっぽいね」

「そ、そうなんですか……？」

そういえば以前、体重が落ちて体形にも変化が見え始めた頃。不破からも、

『あんた最近目つきめっちゃ悪くなったなw、すっげぇウケるんだけどw』

と言われていたことを思い出す。しかし彼女はいつも物事をオーバーに言う傾向がある。てっきりあの時の発言も、そういう類のものだとばかり思っていた。

が、実際にこうして第三者から目つきについて指摘されると、彼女の発言も決して誇張されただけのものではないことに気付かされる。

「オレ、そんなに目つき、悪いですか？」

そんな太一の問いかけに、鳴無は「う～ん」と微苦笑を浮かべ、

「接している分には、宇津木君がいい人だってすぐにわかるよ。うん」

「はい……ありがとうございます」

しかし、そう言われると思い当たる節がいくつもある。さながら記憶のスライドショー。アレとかコレとかソレとか、もうほんと出てくる出てくる。まるで脳内にゴ○ブリでも湧いているかのようだ。いっそバ○サンでもぶちまけてやりたくなる。

「ま、まぁでもいいじゃない。こういう人混みの中でスイスイ進めて便利なんだし」

「ソウデスネ～」

果たしてそれが、太一にとってどれだけありがたい代物であるか否か。

正直なところ首を縦に振るのは難しい。そもそも目つきが悪いこと自体がかなりのデメリットである。

大学や就職の面接で書類審査が通るのか……今から不安しかない。仮に通ったとしてもこの面構えである。面接官相手に逆圧迫面接でもする羽目になるのではなかろうか。

「それよりほら！　せっかくのデートなんだから楽しまないと！」

「ちょ、鳴無さん!?」

太一の腕に、鳴無が抱き着いてくる。薄い生地越しに伝わる彼女の体温に、太一の心臓がドキリと脈打つ。自分の顔がどうのという思考は一瞬で吹っ飛んだ。

「とりあえず、予定通り駅前に戻ってお店いろいろまわろっ」

鳴無に腕を拘束されたまま、太一は駅ビルへと歩いた。

◆

休日の駅ビルは更に人で溢れていた。しばらくウィンドウショッピングでテナントをブラブラ見てまわる。とあるファンシーショップを訪れた時、鳴無は食い気味に、

『ねぇねぇ宇津木君！　これなかなか可愛くない!?』など、何か良くわからん形容しがたき

ブサイクなマスコットを両手で掲げてきた。

目玉をひん剥いて口から舌をだらりと垂らした謎生物。カエルのような、河童《かっぱ》のような、首を締め上げられた被害者のような……

とにもかくにも、ソレに愛嬌を見出すには脳内に二、三個ネクロノミコンでもぶち込まれない限り難しいのではないか、という奇怪なデザインをした代物だった。

ペラペラでやたら長い胴体部分には大量のポケット。どうやらウォールポケットの類らしい。果たしてそこに入れるのは生贄《いけにえ》の血肉ではあるまいな。邪心復活の祭具と言われても信じてしまいそうな見た目をしている。

しかし広告を見る限りなにやら人気のある商品らしい。デカデカとポップに『当店イチオシ』などと売り文句が踊っている。最近の女子は精神が病んでいるのだろうか……思わずそんなふうに思ってしまったほどである。

鳴無の意外なゲテモノ趣味も露呈し、ベンチで小休止していると、

「じゃあ、この後に予定してる温泉で着る水着を見に行かなくちゃねぇ？」

「え？」

……み、水着？

鳴無の小悪魔的で天使な笑顔が太一を射貫《いぬ》いた。

腕を掴まれ、太一は勢いのまま水着コーナーへと連れていかれた。これまたトロピカルで色

彩豊かな店内に、ポップでテンションアゲアゲなBGMが流れている。

「宇津木君ってさ、どんな水着が好きとかあったりする？」

「す、好き!?　い、いえいえいえ！　好きとか嫌いとかっ、そもそも、女の人の水着って、全然わからなくて！」

手と頭を高速で横に振る太一。そんな彼を前に鳴無はくすりと笑みをこぼし「そっかそっか」と頷くと、

「それじゃ、君がどんなタイプの水着が好みか、ワタシが調べてあげよう」

「え？」

「てなわけで、一緒に水着を選んで、試着したときの君の反応を見させてもらおっかな」

「えええええっ!?」

言うが早いか。鳴無は「ほら行くよ」と太一の手を取って店内を一周。タイプの違う水着を手にとっては体に当てて「どう？」と小首を傾げながら訊いてくる。

しかしこの鳴無、太一が恥ずかしがるのを承知でとにかく色々と水着を選んでいく。なかには布面積の少ないかなり際どい水着も含まれていた。

「う～ん、やっぱり試着してみないとイメージわかないかな。どの水着が一番良かったか、あとでちゃんと感想聞かせてね♪」

「はい？」

それは、つまり……

そこから始まるのは怒涛の水着ファッションショー。

ワンピースに始まり、リボンやフリル、ショーパンツビキニにオフショルダーからのハイネック、そしてホルターネックと続き……

「じゃ～ん！」

カーテンからチラと顔を覗かせた鳴無は、黒のレースアップを着用した姿を太一の前に披露した。

トップのバスト中央とサイド、ボトムのサイドが編み上げになったデザイン。

女子高生が着用するにはいささか派手過ぎないか、と思われるレースアップだが、鳴無が着ると、そのスタイルの良さが際立つ。

彼女が選択した水着は大半がセクシー路線だ。しかしその見た目の印象から、背伸びしている感がまるでなく、ほとんどの水着を彼女は着こなしてみせた。

その中でも、太一が特に意識したのは最後のレースアップである。ほどよく強調された胸の谷間、水着の編み上げがアクセントになりつつ、そこに下品な印象はない。むしろ、鳴無のプロポーションが活かされたデザインだと素直に感じた。

実際、鳴無も太一の反応を敏感に感じ取り、

「お？　ほうほうなるほどねぇ～。宇津木君はこういうのが好みか～」

「～～～～～っ!?」

「ふふっ、宇津木君ってば顔真っ赤にしてる」

鳴無は太一の顔を見て口元に手を当てて上品に笑う。その仕草がいちいち絵になる。

「いい反応をありがと♪　さて、それじゃ次ね」

「まだあるんですか!?」

「これで最後だから」

そう言って鳴無はまたしてもカーテンの向こうへと姿を消した。

……よ、ようやく終わり。

長かった。ここにくるまで一体どれだけ鳴無に自分の恥ずかしい姿を見られてしまったのか。

見ている側はこっちのはずだというのに、なんとも不可思議な状況である。

が、それももうすぐ終わり。感動のエンディングまであと一歩。

カーテンの奥から漏れ聞こえる布擦《きぬず》れの音。いけない妄想を盛大に提供する演出を終え、

「さ～て、それじゃこれでラスト～……せ～の」

タメをつくり、満を持して最後の水着姿をお披露目した鳴無。

が、彼女が着用していたのは……

「どう？　ちょっと攻めてみたんだけど？」

「ど、どうって……」

極小の布面積のトップにボトムスという、少し動いただけで色々と見えてはいけない部分が「ｈａｌｏ！」とアメリカンに挨拶してしまいかねない代物――マイクロビキニであった。

彼女の大きな胸を辛《かろ》うじて隠してはいるものの、水着という名の衣服として、アレは機能していると言えるのか。甚だ疑問である。

胸の谷間も、縦に割れた南、北半球も、サイドのお胸様もほぼバッチリ外気に晒されてしまっている。下半身も同様、まずもって隠す意思があるのかを確認しなくてはならないレベルで、申し訳程度に布が当たっているようにしか見えない。

「お、鳴無さん。それはさすがに……」

「どうどう？　男の子ってこういうエッチなの好きでしょ？　ほ～ら、こんな感じで」

「～～～～～っ!?」

鳴無は急に前かがみになったかと思うと、重力に引き寄せられる胸を誇張するようなポーズを取る。

口元に浮かぶ笑み、瞳にはサディスティックな色が宿り、動揺する太一を前に面白がっているのが良くわかる。

が、太一は顔から耳、首筋までをトマト状態にしながらも、鳴無に視線を合わせ、

「す……」

「す？」

「すみませ～ん！」

「え？　あ、ちょっと！　宇津木くん!?」

一秒にも満たない、ほぼ一瞬のみ視線を交差させたかと思うと、それは華麗なアクセルターンを決め、太一は水着ショップの出口へと走り去ってしまう。

一人取り残された鳴無は、そんな彼の背を見つめ、

「はぁ……アレはないわ」

消える直前の太一の顔を思い出し、鳴無はため息を漏らした。

……そろそろ潮時かな。もういい加減、彼に付き合うのにも疲れてきちゃった。

試着室の中に戻った鳴無の顔からは、わずかな笑みの気配さえ、綺麗に掻き消えていた。

◆

「……まさか逃げられるちゃうとはねぇ」

「その、すみませんでした」

「別にいいわよ。ワタシもちょっとからかい過ぎたかもね」

駅の東西を結ぶ通路に設置されたベンチに、太一と鳴無は隣り合って腰掛けていた。

結局、鳴無が水着を買うことはなかった。そもそもスパリゾートで借りることができるのだ

から、水着売り場に寄る必要性もなかったはず。

……オレをからかうためだけに行ったんだろうなぁ。

こうしてしばらく接してみると、彼女も随分といい性格をしているようだ。

「はぁ……ちょっと疲れちゃったねぇ」

「そうですね。スパ行きのバスまで少しありますし、ゆっくりしましょうか」

「う～ん。そうねぇ……ふぅ……まだこの後も、予定、入れちゃったんだよね……」

「？　鳴無さん？」

彼女の様子が、先ほどとは打って変わって冷たく感じられる。

「鳴無さん……もしかして、体調が悪いとかありますか？　オレ、なにか飲み物でも買ってきましょうか？」

「別に、大丈夫よ」

「そ、そうですか……」

やはり、先ほど逃げてしまったのがまずかったのだろうか。

ならば、ここはキチンと謝罪して、

「あの、鳴無さん。さっきはオレ、」

ふと、彼女と目が合った。

しかしそこにあったのは、これまでの朗らかな笑みではなく、

「……あのさぁ宇津木君」

どこか、冷めたような色のない瞳が張り付き……太一はなぜか、そこにひどく底冷えするものを感じて、

「この後の予定、全部キャンセルでもいい？」

「え？　急に、なんでですか？」

「う〜ん。なんていうかさ、ワタシ」

——君のこと、飽きちゃった。

不意に告げられた言葉に、太一は咄嗟に反応することができなかった。

「あの、鳴無さん……今のは、どういう」

「え？　わかんない？　言葉通りの意味なんだけど」

なにも変わったことなど言ってない、ただ単語を羅列して意味になった音《声》を発しただけ……そこには裏も表もない。ただあるがままに、正しく音の意味を理解しろと、彼女の瞳は残酷なまでに優しく諭してくる。

しかし太一は理解できなかった。或《あ》いは、したくなかったのか。

が、そんな彼の内心を慮《おもんぱか》る様子もなく、鳴無は太一へ体ごと向きを変えて口を開く。

「ちょっとガッカリかな〜……あの『きらりん』が執心してる、って言うから、どんな人なのかと思ったら、『コレ』ってのはねぇ……もうちょっと男らしさとか、面白みがある人かと思っ

てたのに」

「っ……なんですか、それ」

「だからさ、そのままの意味だって。君さ、なんかさっきから思考停止してない？」

「そんなことは……あと、きらりんって」

「不破満天。ちょっと考えたらわかるでしょ、それくらい」

今の発言。これまでと違い明らかな侮蔑の色が滲んでいた。

「あの子、なんで君みたいなのと一緒にいるのかしら。正直、これまでの男の中で断トツの『どべ』じゃない」

『どべ』という単語の意味はわからなかったが、彼女が太一をプラス方面に評価したのではないことだけは確かだ。

「正直さ、うすら寒かったんだよねぇ、君と話してて。ワタシの境遇にかなり同情的だったよね～？　何様？　君にワタシの苦労なんてどれほど理解できるの？　できないよね？」

「それは……」

「ワタシのこと、わかった気にでもなってたのかな？　もし本気でそんなこと思ってたなら、君……かなりイタイ奴だよね～」

酷薄な笑みを張り付けて、彼女は冷たい言葉を浴びせてくる。

「きらりんもほんとに男の趣味悪い。君みたいなのを隣に置いて、恥ずかしいとかなんにも感じないのかな？」

「っ！」

思わず太一の瞳に険が宿る。

しかし彼女はそんな日を受け止めてなお飄々《ひょうひょう》と言葉を紡ぎ出す。

「まぁあのきらりんが興味を持った相手だし？　もし面白い男ならあわよくば～……なんて思ってたけど、期待外れもいいところだったわね」

ヘラヘラと回る口が、今日までの全てが嘘でしかなかったのだと、明確に告げていた。

「まぁそういうわけだから。君とはこれっきり、ってことで。ああ、そうそう。最後に言っておかないとね」

その先を告げられる瞬間、太一は彼女の顔の上半分が黒く塗りつぶされているような錯覚に陥り、赤い口元だけがより歪んで強調される。

――今日はほんと、クッソつまらなかったよ♪

「っ……」

「ふふ……じゃね～」

そう言って去って行く彼女の姿を、太一はただベンチから見送る。なにも言い返せず、黙って言われるがまま、ずっと受け身で……

「はは……」

太一が漏らしたのは、笑みだった。

『あんたさ、もうちょっと姿勢くらい治せって』

なぜか、脳裏にいつもの不破の声が聞こえた気がした。

……大丈夫です。

太一はベンチから立ち上がると、俯くことなく真っ直ぐに前を見る。

……オレは、大丈夫ですから。

スマホを取り出し、姉に帰宅の連絡を入れる。『少しだけ、家に着くの遅れるかも』と、メッセージを送信。了解と親指を立てる真っ白なデフォルメキャラのスタンプが送られてくる。

スマホをポケットにねじ込み、彼はぐっと、首を少しだけ上に持ち上げた。

きっと、都合のいい夢から覚めただけ……だから、自分は平気なのだと、太一は少しだけ奥歯に力を入れて、家路についた。

◆

不破満天は一九時過ぎに宇津木家の玄関へ飛び込んだ。

「たっだいま〜！」

霧崎とバッティングセンターで体を動かし、駅前のゲーセンで遊び倒した後、カラオケで鬱憤を晴らしてきた。おかげで荒れていた感情も沈静化したようである。

駅前で霧崎と別れて帰宅した不破。ここが自宅だと疑っていないような態度が滲んでいる。適応能力が高いと評すればいいのか、図々しいと言えばいいのか。

不破の帰宅に気付いた涼子が出迎える。

「おかえりなさい。さっき太一も帰ってきたから、夕飯の準備してたんだけど……ちょっと夕飯の材料足りなくて、今から買いに行ってくるわ。ごはん、少し遅くなるけどいいかしら？」

「うす……宇津木、帰ってきてるんすね」

太一の名を聞いて、不破は今朝のことを思い出す。同時に鳴無の顔が脳裏をめぐり、先ほどまで収まっていたイライラが再燃してきた。

……あんにゃろ、このアタシから逃げやがって。

実際走り出したのは鳴無なのだが、そんなことは関係ない。気に入らない輩《やから》と太一が一緒にいたことが気にくわない。

涼子がマンションを出るのと入れ違いに、不破は肩をいからせ太一の部屋へと直行。とにかくこのむしゃくしゃする気持ちを発散させたくて仕方ない。彼の顔にデコピンをかまし、一発尻に蹴りを入れてやる。

不破は指をゴキンと鳴らし、太一の部屋の扉を乱暴に開け放つ。

「おら宇津木～！　――……は？」

扉を開けた瞬間、不破は踏み込むのを躊躇した。目の前の空間は、夜の帳《とばり》そのままに、真っ暗な状態だった。

そんな中に太一はいた。ベッドの上、どこを見るでもなく、ただ虚空を見上げている。

前に教室で見せていたような、厭世的《えんせいてき》な雰囲気が漂っている。

ひっそりと、世界にいるのは自分だけと殻に閉じこもり、全てを拒絶するような……

思わず、不破は背中に寒いものを感じた。

「あ、不破さん。おかえりなさい」

太一の言葉は普段通りだった。イントネーションも、表情も、いっそ不気味なくらい平坦で、逆に気味が悪い。

「なにしてんだよ、電気もつけねぇで」

「え？　あ、忘れてた。はは……何やってるんでしょうね」

太一は手元のリモコンで、部屋の照明をオンにする。

灯りの下に浮かび上がった太一の顔は、やはり普段通り。それが余計に違和感を生む。

「あの、それでどうかしましたか？」

「今日、鳴無と会ってただろ」

「……はい。二人で隣町まで。それが何か？」

「駅で、お前らのこと見かけた。会うなって、アタシ言ったよな？　なのに言う事聞かねぇし……宇津木さ、自分が誰の所有物《もん》かって自覚ねぇみたいだから、一発ヤキ入れてやろうかと思ったんだよ」

不破の乱暴な発言。

しかし廊下で見せていた勢いはなく、どこか淡々とした物言いだ。そんな彼女に対し、太一は、

「ああ。それ、いいかもしれません」

「は？　あんた何言ってんの？　自分からシメられたいとか、頭どうかしてんじゃねぇの？

……なに。あの女となんかあった？」

「なんて言いますか……オレ、最近調子が良くて、図に乗ってたんじゃないかな、って」

「……それがなに？」

「今日、鳴無さんに言われちゃいました。『ワタシのこと、わかった気にでもなってたのか』って……それで、もうこれっきり、って言われました」

太一は語り始める。今日まで、鳴無と交わしてきた会話、その日々を。

「話を聞くとか、傷付いてるとか……なんか勝手に優しくしてる気になって、全然鳴無さんのこと知らないのに……これじゃ、呆《あき》れられて当然ですよね」

太一の表情は、終始笑みの形に固定されていた。

「おい」

「不破さんの忠告も聞かなかったり、まぁ、そんなわけで色々と自業自得と言いますか」

「おい、だから――」

「オレが他の人に優しくしてみせるとか、ほんとに笑えますよね……はは……」

「笑うな!!」

「っ!?」

不破の張り上げた声に、太一はビクリと肩を震わせた。

「さっきからヘラヘラヘラヘラ！　面白くもねぇのになに笑ってやがんだ！」

不破の顔が目の前にまで迫り、その迫力に太一は言葉を失う。

「他人に優しくしてなにか悪いことあんのか!?　それで感謝されなかったとして、そんなもんは向こうの都合だろうが！」

「でも、オレは鳴無さん相手に、ずっと独りよがりな、」

「ああ～なんでそう後ろ向きなんだよあんたはよ～」

不破は髪をガシガシと掻く。

「いいか！　ちょっと前のあんたなら優しくするどころか他人とまともに話せなかっただろうが！　だったら他人に気ぃ遣えるくらい余裕が出たんだ。喜べよそこはよ！」

不破は太一の胸倉を掴んだ。

「勘違いでもいいだろうが！　ちゃんと前進してんだろっ、胸張れるじゃねぇか！　今回うまくいかなかったからってなんだってんだ！　それと！」

　不破の語気は荒いまま……しかしそこには温かみがあって、

「悔しぃんだろうが！　泣きてぇんだろが！　なに平気なふりして笑ってんだ！　泣きゃいいだろうが！」

「っ……オレは、別に！……それにこんなことでいちいち泣くとか、男として、どうかって」

「んなことどうでもいぃだろ！　男だろうが女だろうが、悔しけりゃ泣いていいんだよ！　んな無理やり笑ってんじゃねぇよっ、気持ちわりぃ！」

「別に、オレは……」

　平気……そう続けようとした喉は、きちんと震えることなく、代わりにひりつくような感覚に支配されていく。

　それは徐々に鼻を刺激し、それでも太一は最後の抵抗とばかりに、喉に力を入れて涙だけは堪《こら》えた。

「……ったく」

　不破は「ふん」と鼻を鳴らしながら、太一の横にドカッと腰を下ろす。その手は乱暴に太一の頭へと乗せられ、ぐしゃぐしゃと乱雑に撫で始める。

「ちゃんと相手見ねぇからそうなんだよ、バ～カ」

　優しい悪態。乱暴で優しい彼女の手つきは、太一の目に、一筋の悔し涙を流させた。

◆

不破満天はリビングのソファで天井を見上げ、少し昔を思い出す。

物心ついた時から、彼女に父親はいなかった。

母からは「死んだ」と聞いたが、墓参りはおろか遺影さえ見たことない。

とはいえ、いないものはいない。それが全て。

しかし小学校の時にそれをからかわれた。母親がめったに学校行事に参加しないことも指摘され、周囲の空気は片親というだけで不破を異物のように扱った。子供の、無知ゆえの排斥……

しかし、それは大人たちも変わりなかった。不破の母親は深夜に仕事に出て、明け方に帰ってくる。子供がいる中、そんな生活をしている母を周囲はまるで異常者のごとく後ろ指を指した。

『あんなのが母親で可哀想《かわいそう》』、『食事もちゃんと食べさせてないんじゃないの？』、『あの子はいつも一人で放置されている』などと。

……なんで？　ママ、いつも優しいし、ちゃんとご飯、作ってくれるよ？　お休みの日は、遊んでくれるよ？　なのに、なんでアタシは可哀想なの？

不破には理解ができなかった。周囲はなぜ、勝手に自分達を計り、好き勝手言うのだろうか？

……ママ、なんにも悪くない！

好奇の視線は、徐々に不破を攻撃的な性格へと変えていった。

勝手な物差しで自分達を憐れむな、馬鹿にするな、どいつもこいつもクソばっか！

見た目も言動も派手になり、いつしか不破は、教室でひと際存在感を放ち、誰からもバカにされることはなくなった。

近隣の住民も、彼女の苛烈な性格を前に声を潜め、ようやく周りが少しだけ静かになったのだ。

不破は、身内以外を信用しない。だが、一度でも親しくなった相手には……

「……」

手にはスマホ。表示される画面は霧崎とのトークルームだ。

『マイ

あの牛〇ッチってどこのクラスだっけ？』

『それきいて

どうするつもり？』

しばらく間が空き――

『3組』
観念したように、霧崎から返信があった。
『わかった
サンキュー』
『一応忠告
次は停学じゃ済まないかもだからね』
「……上等」
簡素なやりとりの記録。時刻は深夜一二時を回ったあたり。
結局、あの後太一は夕飯を食べ、風呂に入ってそのまま自室へ引きこもった。
別れ際に『ありがとうございます。明日から、ちゃんとします』と、それだけを彼は残して扉の奥へ。
涼子もさすがに弟の様子に違和感を持ったようだが、「満天ちゃん。悪いけどあのバカのこと、ちょっと見ててあげてくれない？」と、不破に太一を任せて今回は静観することに決めたらしい。
或いは、家族ではない人間の方が、今の太一にとっては甘えやすい相手であると直感的に感じ取ったか。
不破は「うす」と短く返し、涼子の頼みを受け入れた。

元をたどれば今回の一件、不破に原因の一端がないとも言い切れない。

不破と絡むことがなければ、鳴無に目を付けられることもなかっただろう。

とはいえ、なぜ鳴無がことごとく自分と関わりのある人間にちょっかいを掛けてくるのか、その理由は判然としない。

不破が気に入らないなら直接言いにくればいい。いくらでも相手になってやる。

搦《から》め手を使って周りの人間に手を出し、不破に嫌がらせをしかけてくる。あの女のやり口が不破は気に入らなかった。

まるでこちらの神経を逆なですることを楽しんでいるかのような……

結局、最後は感情が爆発して四月に不破と鳴無は取っ組み合い。

結果は二人とも停学処分。ある意味共倒れ。

しかし不気味だったのは、あの日の鳴無は、不破を前にしても終始口元に笑みを浮かべ、まるで敵意のようなものを感じさせなかったことだ。

一体なにを考えているのかわからない。あの時ばかりは、本当に同じ人間を相手にしているのか疑ったものだ。

気味の悪い女……

正直、あの女とは二度と関わりたくない。蛇のように陰湿かと思えば、霧のように掴みどころがない。

所感だが、あの女を相手にすればするだけ、得体の知れないドツボにはまっていくようで……関わりを持たないことが、最も正しい対処法な気がする。

だが、鳴無はまたしても不破の領域に踏み込んできた。挙句、身内を弄《もてあそ》ばれたのだ。

太一の性格的に、トラウマになったとしても不思議ではない。なんとか普通に振る舞おうとはしていたが、随所に無理が見られた。

週明けの学校に、果たして彼は登校することができるのか。

不破は静かに、確かな憤りを覚えてスマホを握る手に力を入れる。

……あんのクソ◯マ。覚悟しとけよ。

どれだけ不出来だろうが、太一は不破にとって既に身内。

それを、横からしゃしゃり出てきて引っ掻き回された。それが、不破にはどうしようもなく、我慢できなそうになかった。

「鳴無、亜衣梨……っ！」

不破の漏らした呟きは、まるで赤熱しているかのようであった。

◆

そして月曜日――

太一は週末にあった出来事を思い返しながら……しかし思ったより自分の受けたショックが大きくない事実に驚いた。

——昨日、日曜日の朝。

さすがに普段通りに起床する気力に欠けていた太一の下へ、不破が突撃をかまして布団をはぎ取り、強引に外へと連れ出された挙句に走らされた。

ここしばらく不破との距離が開いていただけに、彼女の存在が身近にあることを懐かしく感じた。

だが……『オンナに一回フラれた程度でしょげてんじゃねぇぞ！　ウジウジしてるくらいだったら走れ走れ！』などと。

もはや傷口に塩どころか塩酸をぶっ掛けてくるような暴挙……もとい暴言を吐いてきたのはいかがなものか。それも昨日の今日である。普通ならもっと気を遣うなり、言い方に配慮するなりあるのではないか。

しかしそこはさすがの不破。そんなこと知ったこっちゃない、と言わんばかりにケツへ蹴りをかまして気合いを注入。

ランニングから帰宅し朝食を終えてからもまぁひどい。外に連れ出されたかと思ったらゲーセンへ連れ込まれ、状況に思考が追い付く間もなく二〇〇〇円が消し飛んだ。

更に午後には霧崎まで合流。ただでさえ騒がしかった状況はいよいよもってやけくそめいてきた。フリータイムでカラオケ熱唱。午後六時を過ぎるまでとにかく歌え踊れのどんちゃん騒ぎ。

少ないレパートリーの中からせっせと曲を引き出し、音を外して笑われたり「へったくそ～w」と揶揄されたりと散々な有り様。

しかし気分が沈む間もなく、ギャル二人は太一の知らない曲で、デュエットしろ、などと無茶ぶりしてくる始末だ。そして距離感が近い。とにかく近い。不破も霧崎も太一の肩やら腰に手を回して大熱唱。

よもや酒が入っているんじゃあるまいな。まさか珈琲《コーヒー》やコーラで酔っぱらう特殊体質なのか？　ノリノリにはっちゃけすぎて夕方に帰宅した時にはぐったりだ。

だというのに、元気な不破たちはフィットネスゲームからパーティーゲームと、本当に太一を休ませない。日々の牛活習慣で培った体力を、これでもかという程にフル稼働。

騒がしい夕飯、騒がしい夜。霧崎が帰宅していったのは午後九時を過ぎてから。

あれだけ遊び倒しておきながら、最後まで名残惜しそうにしていたあたりが恐ろしい。オールになったらいったいどんな目に遭わされることやら。

ベッドに入る頃になると、太一は鳴無のことを考える余裕などなくなっていた。瞼《まぶた》はネオジム磁石もびっくりの強度で張り付き、翌朝まで目を覚ますことは一度もなかった――

……結局今朝も、不破さんに強引に走らされたんだよなぁ。

登校直後、太一は机に突っ伏した。不破は花摘みで席を外している。

「何あんた今にも死にそうな顔してるわけ？」

矢井田がこちらを見下ろしてきた。ダイエットに付き合ったあとから、たまに声を掛けてくるようになった。

「いえ、その……」

太一は馬鹿正直に週末の顛末を話した。

「はっ……だから言ったじゃない。キララに関わると碌なことないって。にしても、まさか鳴無があんたに絡んでくるとはねぇ……」

「矢井田さんは知ってたんですか、鳴無さんのこと」

「あんたは逆に知らなすぎ。四月にキララと鳴無がガチ喧嘩した挙句に停学喰らったなんて、二年の間じゃかなり有名な話じゃん」

「えっ!?」

「キララと絡んでんなら知ってんのが普通じゃない？」

呆れ顔の矢井田。まさか、不破と鳴無にそんな因縁があったとは。確かに矢井田の言う通り周りに関心がなさすぎた。

「――おい宇津木～」

「あ、不破さん」

彼女が帰ってくると、矢井田はすぐに太一の傍から離れていった。

……これ、訊いていい話なのかな？

思わず知ってしまった二人の因縁。なにがどうして二人は停学を受けるほどの喧嘩をしたのか……理由は気になるが、訊くかどうか迷ってるうちに倉島が教室に現れ、結局タイミングを逃して訊きそびれてしまった。

しかし、太一にはそれとはまた別に、気になることがひとつ。

……不破さん、学校に来てから口数が少ないような……

そして、時刻は変わり昼休み。不破は鐘が鳴るなり乱暴に教室の扉を開き、外へ出て行ってしまった。

不破グループのギャルたちが「どったの？」と訊いても「野暮用」と短く返しただけ。

それから一〇分。太一は購買でツナサンドとパック牛乳を購入。袋片手に教室への帰り道、ポケットでスマホが振動。見れば霧崎から通話が入っていた。

「もしもし？」

『あっウッディ!?　今どこ!?』

「さっきまで購買にいまして。今戻りの途中で――」

『今すぐ中庭に向かって！　直行！　全力ダッシュ!!』

「はい？」

いきなり中庭へ行けという霧崎の指示。受話器から聞こえる声はひどく慌てた様子だ。

『キララが鳴無のこと連れ出してったんだよ！　あの様子はガチでマズい……最悪、キララが退学処分なんてことにも』

「えっ!?」

『とにかく急いで中庭！　ハリアップ!!』

「わ、わかりました!!」

なにがなんだかわからないまま、太一は来た道を引き返す。霧崎と通話を繋いだまま、彼は廊下を全力で駆け抜ける。

事態に思考が追い付かないまま、太一はとにかく不破の下へと急いだ。

電話越しに、霧崎の『あんのバカ……』という悪態が聞こえてきた。

走りながら、手の中でガサガサと音を立てる袋の音がやかましい。

「ふ、不破さんが退学になるって、なんなんですかソレ!?」

『退学になるかも、って話……キララ、四月に鳴無と殴り合いして一回停学くらってるし』

「それ、オレも知ってます」

今日、矢井田から聞かされ、初めて知ったことだ。改めて、自分が如何《いか》に周囲のことを完全にブロックしていたかを思い知る。

『キララ、去年から何度も停学くらってて、二年に進級すんのもギリギリだったんだよね……

ぶっちゃけ、完全にイエローカードの状態なわけ……だから、次にでっかい問題なんか起こしたら、どうなるかわからない』

「で、でも、不破さんだっていきなり鳴無さんに手を出したりなんて」

『それがわからないから危ないいんだって！　キララ、あれで身内が攻撃されると容赦ないし……ウッディさ、もちょっと自分がキララに気に掛けられてるって自覚持った方がいいよ』

「……はい」

『ウッディが行って、どうにかなるかなんてわからないけど……たぶん関係ない人間がなに言っても、今のキララは聞かないと思うから……』

「オレが、不破さんを、とめる？」

『まぁそうなるのかなぁ』

できるのか？　自分に？

あの唯我独尊を地で行く不破満天を、如何に今回の当事者とはいえ、本当に……？

しかし霧崎の目から見ても、不破の表情はかなり険しかったらしい。今回の一件は、相当頭にきてるといった様子。咄嗟に霧崎は太一を教室へ呼びに走ったが、折悪しくすれ違ってしまった。

あまりにも間が悪い。メッセージを打ち込む時間すら惜しんで通話してきたあたり、霧崎の焦りようが見て取れる。

『やっぱ、教えんじゃなかったかな』と、後悔するような呟きが聞こえてきた。

今回の事態を治められるとすれば、きっと太一が最も大きなカギを握っている。なんとも頼りないクモの糸。それでも……

しかしどうやって止めればいい？

頭に血が上った不破が、人の話を聞くかなんて怪しいものだ。不破と共に過ごして、そのことは身に染みて理解している。

言葉を如何に駆使しても、彼女はきっと止まらない。ブレーキのぶっ壊れた暴走列車。どこかに衝突するまで止まらない。

ならばどうする？

そもそも太一はどうしたいのか？　現場に駆けつけたとして一体どんな解決を望むのだ？

喧嘩はいけません？　誰のために喧嘩が始まると思っている。太一のためだ。友人が、自分のために、退学覚悟で。

太一は果たして、そんな相手になんと声を掛けるつもりなのか……

……オレは。

正直いさかいの現場になど行きたくない。他人の怒りはそれだけで恐ろしい。気の小さい太一にとっては、ミキサーに手を突っ込むようなもの。

そんな彼が、それでも不破の下に走るのは……

……オレは！

中庭はもうすぐ。必死の形相で駆け抜けていく太一に気付いた生徒が道を開ける。

いったいどんな顔になっているのか。すれ違う生徒の表情が完全に引き攣《つ》り、一部からは悲鳴も上がる。

なるほどこれは便利だ。一時はこんな強面、なんの役に立つのかとも思ったが、なかなかどうして短所も使いようというわけである。

勢いよく駆け抜けていく太一。前傾姿勢で腕を振り、肌とすれ違う空気を置き去りに、流れていく景色が色のラインになって後ろへ流れていく。

不破の下へ、一秒でも早く。決定打が打たれる前に――

◆

――時間を少しだけ溯《さかのぼ》ること、約一〇分前。

バターン！

けたたましい音を立てて2年3組の扉が開かれた。談笑しながら昼休みを満喫していた3組の生徒たちの視線が一瞬にして扉へと集中する。

そこにいたのは、今にも暴れ出しそうな猛獣もかくやといった様相を呈した、不破満天であった。

靡《なび》く金髪はさながら獅子のたてがみ、抜き身の刃のごとくつり上がった瞳は猛禽《もうきん》類を想起させる。触れたが最後、切り刻まれた末に食い千切られるは必至。

少女の形をした野獣。

その視線は、教室の奥でひとり窓の外を眺める女生徒へと狙いをつける。相手を射貫く眼光は狩人《かりゅうど》のそれ。不破の威圧感に、教室は一瞬で飲み込まれた。

真っ黒な髪を、外からの風に遊ばせた鳴無亜衣梨。垂れ目気味の瞳が、ゆらりと緩慢に不破へと滑る。

不破と鳴無の瞳がかち合う。途端、不破は誰の目も気にした様子もなく、教室の敷居を跨ぎ、鳴無へと近付くと、

――ガシャン！

鳴無の机を盛大に蹴り倒した。派手な音に教室の中で小さな悲鳴が上がる。女子生徒は目と耳を塞ぎ、男子生徒たちも唖然とした様子で、突然の来訪者の暴挙に目を丸くした。

「あら、きらりん。お久しぶり～♪」

しかし机を倒された当の本人は表情を変えることなく、あろうことか笑みさえ浮かべて手をヒラヒラと振ってみせた。

「よぉ、鳴無」

「ハロー。二ヶ月ぶりぐらいかなぁ？　でも～……感動の再会にこれはちょっとご挨拶なんじゃない？」

「相変わらずヘラヘラした面しやがって……」

「笑顔は美容にいいんだから。きらりんはむしろ、そんなに眉間に皺《しわ》寄せてたらすぐおばあちゃんになっちゃうかもね～？」

「てめぇ……」

ビリビリと、質量さえ持ったかのような重苦しい空気が教室を満たす。周りの生徒は息苦しさを覚えてビクついていた。

不破満天……彼女はこのクラスでもかなり有名な生徒だった。四月に起きた校内暴力事件。教師が止めに入るまで、幾度も拳と蹴りの応酬が繰り広げられた光景は、無関係の生徒たちからすれば悪夢でしかない。机と椅子が吹っ飛び、ガラスは割れて教室内は阿鼻叫喚の地獄絵図。

あの事件以来、不破は恐怖の象徴であり、鳴無もまたクラスでは危険物……腫れ物扱いだ。しかしよもや、鳴無が学校に復帰してきて、たったの一週間でまたしても不破が教室に乗り込んでくるなど、いったい誰が予想できたであろうか。

一部の生徒は既に教室を飛び出し、教師を呼びに走っている。

緊迫した空気の中、最初に動いたのは不破だった。鳴無の胸倉をつかみ、顔を近づけ、

「ちょっとその小綺麗な面ぁ貸せやこら」

「あら、きらりんに褒めらちゃった♪　ええいいわよ。それで？　どこでデートしてくれるのかしら？」

「中庭……そこでてめぇの顔、完全にぐっちゃぐちゃにしてやる」

不破は鳴無を目立つ場所に連れ出す。

そこで彼女のしでかしたことを公にし、言葉通り……このにやけ面を、徹底的に殴り潰すつもりだった。

――そして、昼食を取る生徒たちがひしめき合う中庭で、不破と鳴無は対峙した。

狂犬じみた迫力を醸《かも》す不破、対して優雅に微笑みを浮かべる鳴無。

対極の二人の放つただならぬ気配に、周囲の生徒たちは「ねぇ、なんかやばくない？」、「なぁ、あれって二年の不破と鳴無だよな？」、「ああ、四月に教室で大暴れしたって……え、もしかしてまた？」、「おいおい。先生呼んだ方がいいんじゃね？」などと、ヒソヒソと二人を取り巻き呟きを交わす。

しかし周囲の雑音など我関せずと、不破と鳴無の睨み合いは続く。

「それで、なんでこんな場所に呼ばれたのかしら？」

「てめぇ、しらばっくれてんじゃねぞ」

「ん～？　なんのこと？」

小首を傾げる仕草を見せた鳴無に、不破は詰め寄り再び襟首を掴み上げた。

「宇津木太一！　てめぇ、この名前知ってるよなぁ!?」

「宇津木太一……ああ、あのつまんない男。ええ知ってるわよ。きらり～ん……いくらきらりんが好き者でも、アレはちょっとないって～。付き合うにしてもさ、もうちょっとまともな男なんて一杯いたでしょ？」

「ああ？　てめぇなに勘違いしてやがんだ？」

「あら？　あの子ってきらりんのカレシだったんじゃないの？　そうじゃなくても気があったとか」

「お前バッカじゃねぇの!?　誰があいつをカレシにするかってんだよ！　アホな勘違いしてんじゃねぇぞピンク脳が！　そのデカ乳におつむ全部持ってかれてんじゃねぇのか!?」

「はい？　なら彼はきらりんのなんなのよ？」

ふと、鳴無の表情から笑みが消えた。しかし不破は噛み付くように口を開き、

「あいつはアタシのダチだ！　……いやダチっていうか犬？　いや犬以上ダチ未満って感じ？」

「え～と？　なに言ってんの？」

「だぁ！　アタシもわかんねぇよ！　てかどうでもいいんだよ、んなこたぁ！　アタシが言いてぇのは！　ツレに手ぇ出してタダで済むと思ってんじゃねぇだろうなっ、てことだけなんだ

よ!!」

「なにソレw？　きらりん、好きでもない、付き合ってもない男のためにそんな怒ってんの？　すっごく笑えるんだけどw」

「てめぇ……」

「それで？　だったらどうするの？　またワタシと殴り合いとかしちゃう？　でも今度は二人して退学かもよ？」

「上等だ！　今更アタシが退学くれぇでビビると思ってんじゃねぇぞ！」

「ああ～」

と、鳴無は不破の怒号に恍惚《こうこつ》とした表情を見せる。

「やっぱりきらりん最高すぎ。その辺のつまんない奴とは大違い……世間体なんて気にしないで、やりたいことをやりたいようにやる、その身勝手に突っ走っていく大胆さ……はぁ～、いいよっ、きらりん！　一緒に退学しよ、つまんないこと全部捨てて、一緒にさ！」

両手を広げて狂気の嗤《わら》いを見せる鳴無。周囲はその気味悪さに背筋を凍らせる。

「相変わらず気色わりぃ……いいぜ、そんなにボコボコにされてぇなら、お望み通り、」

不破の拳が、いよいよゴキンと音を立てながら持ち上がり、

「今度は笑えなくなるまで、徹底的に叩き潰す!!」

そのまま流れるように、勢いよく振り抜かれようとしていた。

周りの生徒が息を呑む。

バネ仕掛けの玩具のように、理性の制御装置《ストッパー》から解放された不破の握り拳が、鳴無へと奔《ほとばし》り、

「――ダメです！　不破さん！」

「っ!?」

しかし、不破の一撃が鳴無へ届くより先に、間に割り込んできた男子生徒が一人。

「ぶへぇっ!?」

その彼は、左の頬に拳を受け、なんとも情けない悲鳴を上げ、手に持ったツナサンドとパック牛乳が入った袋ごと、真横へと吹っ飛んでいった。

「はぁっ!?　宇津木!?　何やってんだよお前!?」

「えっ――!?」

地面に身を投げ出すことになった太一。一緒に袋からツナサンドと牛乳も飛び出してコロコロと転がる。

地面にうつ伏せで大の字になる太一に、不破と鳴無は目を見開いた。

一瞬の静寂。

が、不破は太一へと駆け寄るなり、彼を無理やり引き起こして声を上げる。

「お前マジでなにしてんだ!?　おかげであのクソ〇マ殴り損ねちまっただろうが！」

「そ、それは、良かったです」

「はぁ!?」

不破は思わず太一を睨みつける。しかし、彼はホッとしたような、締まりのない顔をしていた。

「宇津木！　お前まさかっ、あんなクソ◯ッチ庇《かば》いやがったのか!?　ふざけんな！　誰のためにアタシが！」

「ダ、ダメだです！　そんなことしたら、不破さんが退学になるかもしれない、って霧崎さんがっ！」

「んなこと覚悟の上だっつうの！　お前こそ！　あの女に遊ばれたってのに、まさかまだ未練があるなんて言わねぇよな!?」

「そ、そんなんじゃないです！　ただ！」

「だったら出しゃばってくんな！　お前もムカついたんだろうが！　だからアタシがあの女にケジメつけさせるって言ってんだ！　それで退学になるってんなら上等だ！　とにかく邪魔すんじゃねぇ！」

が、不破のこの発言に、太一は思わず彼女の両肩に手を置き、これ以上ないほどに真剣な顔つきで、

「ダ、ダメですよそんな！」

「はぁ!?　なにがダメだってんだよ!?」

「で、ですから、その……」

太一の頭の中は支離滅裂だ。咄嗟に飛び出したはいいがこの先のことなどなにも考えていなかった。

……どうしよう、どうすれば……

絡まりもつれる思考の糸。しかし不破はもはや爆発寸前。陰キャムーブをかましている余裕はない。

せめて、なんでもいい、何か言わなければ。しかし何を？　捻る捻る、これでもかと限界まで頭を捻り切る。

その果てに飛び出した、彼の言葉は――

「や、やめてください！　これ以上オレのために争わないで！」

などと、どこぞの陳腐《ちんぷ》な少女漫画のヒロインみたいな台詞《せりふ》を口走った。

途端、先程までとは別の意味で、場は完全に静まり返った。

「は？」

不破から放たれたのは、こいつなに言ってんの？　という半開きの視線。周りの生徒たちも似たり寄ったりの表情だ。

太一は、全力で自分が滑った事実を突きつけられた。

いや、しかし言ってることは間違っていない。この諍いの原因は間違いなく太一である。

化石のような台詞の古臭さと、あまりにも場の雰囲気を無視したエアブレイクな発言でさえなければ、或いはもっと格好がついたのかもしれない。

が、飛び出した発言を引っ込めることができないのは、六月の一件で実証済み。ふと周囲の呟きが漏れ聞こえてくる。

「え？　なにアレ？」

「オレのため……は？　マジか？」

「つか、あいつ顔怖くね？」

「バカ。指さすな。巻き込まれんだろ」

「ねぇ？　なんか雰囲気的にあの人っぽくない？　喧嘩の原因」

「俺、『自分のために争わないで』とかガチで言う奴はじめて見た」

太一は口をパクパクさせて、赤いペンキでもぶちまけられたのかと思うほどに赤面している。

さすがに自分でも、先程の発言はないと気付いた。

一体いつの時代の台詞だ。それこそ今じゃギャグでしか見たことがない。

そんな台詞を、クソ真面目に口走った先程の自分を殴り飛ばしてやりたい。

……いや、ついさっき不破に思いっ切りぶん殴られたばかりなのだが。

「ああ……なんだ、殴られて頭おかしくなったか？　もう一発殴っとけば治るか、あん？」

拳を持ち上げる不破。太一を昭和家電か何かと勘違いしているんじゃないだろうか。

が、微妙に弛緩した空気の中、鳴無は冷めた目つきで二人を見下ろしていた。

「なにしてるんですか、君は？」

「鳴無さん……」

「もしかして、ほんとうに助けてくれたんですか？　この前あれだけ言われて、まだワタシに未練タラタラとか？　だったらストーカーの素質ありますねぇ。気持ち悪い」

「てめ、この……っ!?」

　嘲笑するような笑みを湛えて、太一を揶揄する鳴無。不破が再び瞳を吊り上げるが、咄嗟に太一は彼女の腕を掴んだ。

「ダメです、不破さん」

「放せ！　つか宇津木、マジでまだこのクソ○マに入れ込んでんじゃ」

「そんなんじゃ、ありません。もう、そんなことはどうだっていい」

「はぁ？　じゃあなんで邪魔すんだよ!?」

　不破は太一の腕を振りほどくと、今度は太一に険しい表情を向けた。思わず尻込みしそうになる内心を押しとどめ、太一は顔を上げる。

「だって、このままじゃ不破さん、本当に退学になってしまうじゃないですか」

「だったらなんだってんだ!?　アタシはガッコなんかどうだっていい！　アタシのツレに手ぇ出した奴は、全員ぶっ飛ばす！　それで退学？　上等！　アタシは別にそうなったって全然っ

──」

「オレはそんなこと望んでない！」

不破の言葉を遮り、太一は彼に珍しく彼女へと詰め寄った。

「せっかく、不破さんと仲直りできて……皆で、ご飯食べたり、霧崎さんとも一緒に、遊んだり……」

霧崎から連絡を受けて、ここまでただガムシャラに走ってきた。どうすればいいのかも、どうしたいのかもあやふやなまま。

「オレにとって、色んなことが初めてで……その全部に、不破さんがいて、関わってきて……変わりたいって、そう思った切っ掛けをくれて……なのに……」

考えた。ない頭を絞って、自分にとっての『大切』を。

「なのに、その不破さんが、いなくなってどうするんですか！」

だが、本当は最初からわかっていたのかもしれない。太一にとって、ナニが最も優先順位が高いのか。

どれだけ回り道をしても、結局のところ行き着く先にいるのは、いつだって彼女だった。

ならばもう、あとは言葉を伝えるしかない。

『言いたいことがあるならハッキリ言えっての！』

ずっと不破に言われてきたことだ。しかしどれだけ言葉を尽くしたところで、気持ちの何割が相手に伝わるというのか。

幾重にも重なった複雑怪奇な感情の形など、誰にも……それこそ本人にだって、完全に理解などできるモノではない。

おまけに質の悪いことに言葉には大なり小なり嘘が交じる。そうなればより複雑さは増していく。ならば言葉を紡ぐことに意味はあるのか？

……などと説いたところでそんなことは無意味である。結局人は対話でしか相互理解を得られない。体で、瞳で、そして言葉で。

人が思考だけで会話できるその日まで、

「ゲームのコントローラーも買ったし、無理やり会田さんたちに引き会わせるし、霧崎さんと一緒に、いっぱいオレのこと振り回すし!!」

相手に自分を知ってもらう手段は、いつだって最も扱いづらい、人間の言葉でしかないのだから。

「オレにいっぱい構ってきたんですから！　最後まで相手してくれないと困る！　いきなり退学になってもいいなんて、無責任じゃないか！　だから！」

故に、ここにいる不器用な少年も、思いを言葉に乗せるのだ。

「オレの前から、勝手にいなくなるなんて、絶対に許さない！」

学校じゃなくてもいいなんて、そんなことはない。だって、ここにはまだまだ、太一たちも知らないイベント、未体験ゾーンが待っているはずなんだから。

「……あんたさ」

「はい」

「マジでキモイ」

「なんで!?」

尽くした言葉の返礼は罵倒だった。思わず太一も華麗にツッコミを入れてしまう。

が、不破は太一から顔を背け、耳の先がわずかに赤みを帯びているように見えた。

「つか、許さないっ、てなに？　それ、全部あんたの都合じゃん？　アタシが従う理由とかなくね？　ていうか何様なわけ？」

「う……すみません。調子に乗りました」

シュンと下を向いてしまう太一。が、不破は下から太一の顔を覗き込んでくると――

バチン！

「いった！」

いつもの額ではなく、鼻っ面にデコピンをお見舞いしてきた。予想していなかった箇所への打撃に、太一は鼻を押さえて涙目である。

「な、なんでふか急に!?」

「ったく。そんなんだから、あの女にいい様に遊ばれんだよ。ハンセイしろ、ハンセイ」

「えぇ……」

なにやら理不尽なことを言われているような気がする……しかし不破からは、先程までの全身を絞られるような圧は綺麗になくなっていた。

「はぁ……ああもういいわ。なんか全部なえた。終わり終わり！　行くぞ宇津木！」

「は、はい！」

マイペースにその場を去って行こうとする不破。太一もそれに続く。

「って、ちょっと！　待ちなさいって！　人のこと呼び出しといて放置なわけ!?」

「ああん？」

不破が面倒くさそうに振り返る。ポツンとこの状況に取り残された鳴無。彼女は困惑とも怒りとも取れない表情で不破を見つめていた。

「なんだよ？　まだ用あんの？」

「用があって呼び出したのはそっち！」

「いやまあそうだけど……さっき言ったじゃん。もういいって。だからお前も教室帰れば？」

「はぁっ!?」

……おお。鳴無さんのあんな顔を初めて見た。

太一は謎に感心してしまった。同時に、不破に振り回されている身として、彼女にほんの少し親近感を覚えてしまう。

「あぁ～、なんか急に腹減ってきた。宇津木、教室からカバンとってきて」

「え？」

「今日はもうバックれるわ。外で適当に食べる」

「ええっ!?」

「あ、ちな宇津木も付き合ってもらうから。てか今日プールの予定じゃん。ああでもクソ真面目に泳ぐのダリィなぁ……てなわけで、飯食ったらこないだの温泉行くか！」

「え、あの不破さん!?」

「したらマイにも声かけてみっかなぁ。あいつこないだハブしたのまだネチネチ言ってくるし。てか宇津木、カバン。ダッシュ」

「ああ、もう！　わかりましたよ!!」

「よろ～。アタシ昇降口で待ってっから」

手をヒラヒラと振って、スマホ片手に中庭を去って行く自由人。

周囲の人間は鳴無も含め、そのあまりの自由っぷりに唖然とさせられる。

そんな中、太一は「はぁ」と溜息を吐き苦笑。

しかしすぐに表情を引き締め、拳を握ると鳴無へと振り返り、近付く。

「あの、鳴無さん」

「っ……なに？」

太一から声を掛けて来るとは思っていなかったのか、鳴無は警戒心を露わに睨みつけて来る。

「その……言っておかないといけないことがあると、思って」

「なによ。ああ、この前の件でなにか文句でもあるってこと？　でもアレは君が勘違い野郎のつまらない奴、ってだけで……ワタシは」

鳴無は口元を歪ませ、太一を揶揄するも、

「あの、先週までオレに付き合ってくれて、ありがとうございました！」

しかし太一の思わぬ発言にその先を遮られた。こんな自分でも付き合ってくれた鳴無。卑屈かもしれないが、太一は確かに、楽しいと思える時間を彼女から貰ったのだ。

その結末がどうあれ、過程で得たものは変わらない。彼女に自分は、一時とはいえ『友人』として過ごさせてもらった……太一には、たったそれだけでのことでも、頭を下げる価値を彼女に見出すことができた。

故の、感謝の言葉である。

ただ、そうして前向きに物事を捉えることができたのは、きっと……

「あと、その……ごめんなさい!!」

「は？　え？　なにそれ？」

「そ、それじゃ！」

太一は慌てて踵を返し、鳴無に背を向けて教室へと走る。今度こそ本当にその場に一人取り残されてしまった鳴無。

するると、周りから、

「え？　なに？　いま、あの子フラれた？」

「なんかそんな感じじゃね？」

「うわぁ、マジで。こんな人のいっぱいいる場所で、って……ちょっと可哀想」

「はぁっ⁉」

鳴無は慌てて周囲を見回す。そこには、こちらへ同情の視線を注ぐ、群衆の視線の数々。

鳴無は顔と頭に熱を覚え、思わず口元を腕で隠し、その場から去った。

……ちょっとちょっとちょっと！　なんでアタシがフラれた風になってんのよっ⁉

フったのはむしろ自分だ。なのに、この場の空気は完全に鳴無を恋の敗者であるかのように演出していた。

……宇津木、太一‼

ナチュラルに先日の一件をやり返してきた男子生徒の顔を思い出し、鳴無は顔を赤くしながら、廊下をズンズンと進んでいく。

が、太一は別に鳴無にやり返してやろう、などという思いはなく……単に、言葉が足りなかっただけ。彼の言葉をより正確に伝えるなら、以下の通りになる。

『せっかくのデート、楽しませてあげることができなくて、ごめんなさい』である。

不破を待たせている焦り、更には鳴無を前にした緊張、ダメ押しに彼のコミュニケーション能力の不足……以上の点が複雑に作用し合った結果が、あの盛大に内容をはしょった『ごめんなさい』なのである。まさしく奇跡のマリアージュ。

尤も、それに巻き込まれた鳴無は自業自得と言うべきか、とばっちりと言うべきか。とにもかくにも、赤っ恥である。

そして、そんな奇跡の現場を見ていた人物がひとり。

「ピュ～♪　やるじゃんウッディ」

霧崎麻衣佳。陰で様子を窺っていた彼女のポケットでスマホが振動。

『これからスパリゾート行くぞ』

不破からのメッセージに、彼女は嬉々として『ＯＫ』の返事を書き込んで、荷物を取りに教室へ。

鳴無も午後からその姿を消し、結局その日、事件の当事者全員が学校をサボタージュ。

報告を受けた倉島教諭は、

「勘弁してくれよ……」

と、顔を覆って天井を仰いだという。

第四部 ✖ 条件を満たしてると出現する裏ボスとかラスボスの最終形態とか……

――事件の翌日。当事者である太一、不破、鳴無の三名が、学年主任の倉島から呼び出しを受け、生徒指導室へ連行された。

頬に絆創膏を貼った太一を、両サイドからサンドイッチする不破と鳴無。

三人を前に倉島は渋い顔。よほど酸っぱいもんを口の中にぶちこまれたらしい。

四月に厄介事を引き起こし、三ヶ月そこそこでまたしても問題行動……それはこんな面にもなるというものだ。

「お前らな～……特に鳴無～。お前復帰して一週間だぞおい？」

倉島は鳴無をねめつける。しかし彼女は口元に妖《あや》しい笑みを湛えて微笑むだけ。

「はぁ～……それよか不破。お前だよお前」

教室で暴れた末に、鳴無を呼び出し拳によるスキンシップを図った彼女。四月の時と比べてだいぶマシとはいえ、彼女は校内で暴力を振るったのだ。

実際、不破と鳴無の間に挟まれて、超絶居心地悪そうにしている太一は、頬にでっかい絆創膏を張り付けている。目撃者曰く、不破の拳をガッツリと喰らって吹っ飛んだらしい。

しかし話を聞く限り、不破と鳴無が揉めた原因は彼だという。ならばなぜ彼が不破に殴られたのか……倉島は事の顛末を太一に問いただす。

彼の証言いかんによっては、不破はもちろんこと、鳴無もただでは済まない。

以前から、彼女の他生徒への悪質な行為はかなり問題視されていた。

しかし、被害を受けた生徒たちが何も訴えを起こさなかったこともあり、これまで大きく騒がれることはなかった。

だが、もしも今回、太一の口から鳴無の所業が明るみに出れば、不破と同じく、彼女にも何かしらの処分が下されることになるだろう。

「宇津木、正直に答えろ。なんで不破と鳴無が喧嘩することになった？　お前はその理由を知ってんじゃないのか？」

倉島の問い掛けに……しかし太一は、

「オレは……あそこで転んだだけです……二人の喧嘩とは、なんの関わりもありません」

などと、誰が聞いても嘘とわかることを口にした。

倉島のじっとりと探るような視線が突き刺さる。太一の隣で、僅かに鳴無の瞳が見開かれたのも見逃さなかった。突《つっ》けば確実に何か出てくる。それも核心的なものが。

しかし、

「はぁ〜……つまり宇津木は、『それでいい』ってことなんだな？」

倉島は盛大に溜息を吐きつつ、それ以上は深掘りすることもなく……彼は最後に、不破と鳴無に喧嘩の原因を問い質す。が、不破はいつもの調子で「さぁ、忘れた」と適当に、鳴無も「よく覚えてませんね」などと、煙《けむ》に巻くような回答が返ってくるだけ。

むろん、それで済むはずがない。本来であれば……

「……もういいわ。お前ら帰れ。取り敢えず、不破と鳴無は反省文四枚。終業式までに書いてこい。いいか？　『絶対』だぞ」

倉島は呆れた表情で頬杖をつくと、しっしっと三人を外へ追い出した。

「あの先生が『絶対』なんて言うの、ワタシ初めて聞いたわね……」

咄嗟に呟いた鳴無。

要するに、今回の騒動を有耶無耶《うやむや》にする代わりに、しっかりと出すもんを出せ、ということらしい。

もしそれすら渋るようなら後はない、という、彼なりの最後通告であった。

不破は「めんどくさ」と愚痴をこぼし、太一は苦笑。首の皮一枚つながった。

学年主任が倉島でなければ、事態はもっと面倒なことになっていただろう。

しかしわからない。彼は仕事に熱心なタイプには見えない。どちらかといえば、不破に負けず劣らずの面倒くさがり……ならば、こんな問題生徒たちなど、さっさと学校から追い出してしまえばいい。口実は腐るほど転がっている。

しかし倉島は、不破と鳴無に機会を与えた。太一に至ってはなんのお咎《とが》めもなしときた。まこと……あの教師は鳴無以上に、読み切れない。

「――ちょっと」

生徒指導室を出た途端、鳴無に呼び止められた。

「なんで何も言わなかったの？」

理解しがたいもので見るような視線が、太一に向けられる。

「全部ぶちまければよかったじゃない。ワタシに遊ばれた挙句、デートまでしてこっぴどくフラれました～、って……ああ、そんな情けないこと、言いたくなかったか～」

「おい、てめ」

鳴無の挑発に不破が怒気を露わにする。しかし太一は、

「いえ……実際、情けないのはわかってます」

「宇津木！」

「でも、情けないなりに、鳴無さんと接して、少しは前に進めた気がしたので」

太一は真っ直ぐに、鳴無と視線を合わせた。

「なにそれ？　意味がわかんないんだけど」

「鳴無さんの言う通り、オレはまだ、不破さんの隣にいても、恥ずかしい存在なのかもしれません。でも、だからこそ思うんです」

――彼女の隣にふさわしい人間になりたい、って。

「オレ、鳴無さんのこと、自分の物差しで測ったりして……話を聞いて、力になれるかもとか舞い上がって、まぁ恥ずかしい奴だったんですけど。ただ、いつかは本当に鳴無さんの力にもなれるくらいの人間に、変わっていきたいと、そう思ってます」

「はい？　あのさ、ワタシが君相手に『本当のこと』を言ってたなんて……それ本気で信じてるの？」

「はい。もちろん」

太一は即答した。瞬間、これまで鳴無が見せたことのないような……敵意むき出しの表情が現れた……しかし、それも一瞬。鳴無は冷めた瞳で、二人の横をすれ違っていく。

「はっ……バッカみたい」

最後に、彼女は小さく吐き捨てて、二人の前から姿を消した。

鳴無の後ろ姿を見送った太一と不破。が、不意に太一の脛《すね》に、
ゲシッ！

「いっ――!?」

不破の蹴りが炸裂した。

「ちょっ!?　不破さん、なんで……」

ちょっと涙目の太一。弁慶の泣き所へと綺麗に入った。

「ふん……」

痛みをこらえる太一に、不破は鼻を鳴らして踵を返す。

まるで事態が飲み込めず、太一の頭上では疑問符たちが大行進。

不破の去り際……不貞腐《ふてくさ》れたような表情の中に、ほんのりと朱がさしていたようにも見えた。

◆

「聞いたよぉ宇津木〜。あんた不破と鳴無んとこに割り込んで『オレのために争わないで！』とか言ったんでしょ〜w　なにそれマジでウケるんだけどw！」

人の口に戸は立てられぬ、などとはよく言ったもんだが、昨今のデジタル社会の発展により、口以上の速さでもって人の噂が拡散されていく。

おかげで、登校してからというもの、太一は周りからヒソヒソと「あ……『オレのために争わないで』の人」などと指をさされる始末。

今日は試験のために午前中で学校は終わり。放課後を迎えた太一は、不破グループの面々から矢継ぎ早に、先日の一件について根掘り葉掘り情報をほじくり返されていた。

「今どきそんなセリフ漫画でも見ないってw」

会田に背中を叩かれ笑われる。まったくもって太一もそれには同感である。

あの時の自分はどうかしていた。動揺していたとはいえ、もっとマシな言い方があっただろうに……あの時の自分をタイムリープの末に、殺してでも止めてやりたい。

しかし不破グループの面々はよほどテストに自信があるのか、それとも全てを諦めているのか（おそらくは後者）、放課後もたむろして無駄話で盛り上がる。

だがいつまでも駄弁って校内に残っていると、教師から「さっさと帰って勉強しろ」と追い出されてしまった。

伊井野たちはそのまま駅前に遊びに行くそうだ。しかし不破は「反省文書くから今日はパス」と誘いを断った。

伊井野や会田たちと昇降口で別れ、

「不破さん、オレ姉さんに買い物頼まれてるので、先に帰っててください」

「りょ」

太一は不破を見送り、スマホを取り出して買い物メモを確認。

『どうせあんた今日は試験で早上がりでしょ？』

『てなわけでよろしくね』

『あとトイレットペーパーとか洗剤だけど』

『今日はスーパーじゃなくて薬局の方が安いらしいからそっちで買ってきてね』

メモの上部に見えるメッセージに太一は呆れる。あの姉は弟の試験勉強を考慮していないのだろうか。しかもメモの中にはちゃっかりと新作コンビニスイーツも紛れていた。

「まぁいいけどさ」

——そして、近所のドラッグストアやらスーパーを回った太一の手には、いくつもの買い物袋が握られていた。随分と買い込んだものである。もはやちょっとした重装備状態だ。

あとは近くのコンビニで涼子のスイーツを購入すれば、今日のミッションはコンプリートなのだが……

「え〜と」

改めてスマホでメモを確認。最後の目標はどうやら夏季限定のチーズケーキらしい。

「お菓子とか久しぶりだなぁ」

などとスマホ片手に呟きながらコンビニ近くの四つ辻に差し掛かる。

と、不意に角から飛び出してきた相手とぶつかりそうになってしまう。

ながらスマホは本当に危険なのでマジでやめましょう。

「す、すみません！」

「いえこちらこそ……って、君」

「え？　あっ」

咄嗟に声が出る。ぶつかり掛けた相手は、なんと鳴無だった。

なんとも気まずい雰囲気が流れそうになる中……しかし彼女は背後を気にするような素振り

で、表情にはいくらか焦りが見て取れた。明らかに挙動不審な様子を見せる鳴無。

と、彼女はなにを思ったか、太一の腕を引き、

「ちょっとこっち来て！」

「えっ!?」

近くの路地に入ったかと思うと、太一を表通りに立たせ、自分はその陰に隠れた。通りからは、太一の背中だけが見えている状態だ。

「あの」

「しっ……静かにして」

鳴無にしては余裕のない態度。彼女は太一の言葉を遮り、路地の外に意識を集中させる。

すると、太一の背後から妙に慌ただしさを感じさせる足音が聞こえてきた。

途端、鳴無の体が硬くなる。まるでなにかに怯えているかのように……咄嗟に、彼女は太一の制服の裾を掴んだ。心なしか、小さく震えているようにも見える。

足音はまるで、なにかを捜すように行ったり来たりを繰り返す。その間、鳴無は身じろぎ一つせず、目を固く閉ざして細い呼吸を繰り返す。

しばらくすると、「ちっ」と舌打ちするような音と共に、表にいる何者かの気配は遠ざかっていった。

鳴無は警戒心を露わに、おもむろに路地から太一越しに顔を出して辺りを見回す。

そして「はぁ……」と重く分厚い吐息を吐き出して、強張っていた体から力を抜いた。

太一からすれば、何がなんだかさっぱりである。

いきなり腕を引かれたかと思ったら、小さな路地へと連れ込まれ……性別が逆なら確実に悲鳴を上げているシチュエーションである。

が、鳴無の様子はそんなバカな思考に陥ることを躊躇わせるほど鋭敏だ。警戒、怯え、焦燥……とにかく落ち着きがない。

「あの、鳴無さん?」

「っ!?」

太一の小さな声にすら、過敏に反応を示す有り様。

これまで見たことないほどに瞳が吊り上がり、それはまるで手負いの獣じみていた。

「悪かったわね。急に」

「えと、なにかあったんで、」

「それじゃ」

太一の声を途中で遮り、鳴無はそそくさと太一から遠ざかっていく。

その後ろ姿は、これまでの優雅さを思わせるものとは程遠く……まるで苛立っているような、乱暴な足取りであった。

……なんだったんだろ?

遠ざかる背中を、太一は首を傾げながら見送った。

◆

翌日の試験。深夜に詰め込んだ内容を捻り出して解答欄を埋めていく。後半になるにつれて難易度の上がる定番パターンに、太一は潔く解答を諦めて前半で確実に点数を獲得する方針を採用。これでも十分にクラス内の平均点より少し上は狙えるはずだ。

先日の事件に始まり、不破の自由奔放な振る舞いに巻き込まれて勉強できなかった。今回のテストは過去最低を記録することは間違いないと思われた。

しかし捨て鉢になることもできず、悪足掻きに一夜漬けを決め込んで、試験に挑んでいる。おまけに早朝のランニングまでこなしてきたのだからハードと言う他ない。

ちなみに不破はというと、今は机に突っ伏して寝入っている。あまりにも堂々とした振る舞いに試験監督も苦笑いである。その豪胆さを羨むべきか呆れるべきか。

試験終了の鐘が鳴る。

太一はさっさと筆記用具をカバンへと押し込み、ホームルームが終了するなり教室からこっそりと、しかし可及的速やかに退避する。

のんびりしていると不破から「遊び行くぞ」などと拉致されかねない。

そんなわけで、太一は学校の図書館へ逃げ込むことにした。

図書館へは校舎西側の階段を下るのが早い。相変わらずこっちは人けが少ない。

階段を下っていると、先週に鳴無に呼び出された時のことを思い出す。

ほんの一週間ほど前の出来事だというのに、随分と昔のことのように感じられる。

後から聞いた話によれば、鳴無は一年の頃から、不破が関わった一部の生徒にちょっかいを掛けては奪っていく、というのを繰り返してきたらしい。

……鳴無さん、なんでそんなに不破さんを。

過去に不破からひどい扱いでも受けたのか、もしくは彼女の人気に嫉妬した末の行動なのか。

いずれにしろ、それが原因で四月に不破の我慢が限界を迎えた、例の校内暴力事件へと発展したわけである。

が、太一から見た鳴無の印象としては――

……なんか、鳴無さんから不破さんへの敵意とか嫌悪感みたいなのって、ない気がするんだよなぁ。

そこがどうしてもわからない。鳴無はやり過ぎている。どう考えてもイタズラのレベルではない。一歩間違えば、高校生活が破綻しかねないような、危険な行為。

鳴無が不破にちょっかいを掛ける真意とは、果たしてどんな形をしているのだろう。

「はぁ……やめよ」

考えても答えが出るはずもない。そもそも鳴無が不破に敵意がなさそうに見えるのも、単に太一が『なんとなく』そう感じた、という根拠に乏しい所感にすぎないのだ。

しかし、どうやら空の神は、太一の人生に妨害工作を加えねば気が済まない性質らしい。

「あ……」

視線の先、階段を下っていく途中に、

「鳴無、さん」

階段で膝を抱えて座り込む、鳴無亜衣梨と鉢合わせした。

「……ん？」

鳴無は人の気配を感じ取り、緩慢な動作で顔を上げた。

「はぁ……君か。昨日ぶり。よく会うわね、ワタシたち……それとも、君ってば、ほんとにワタシのストーカーだっりするわけ？」

太一を揶揄するような言葉を吐いた鳴無。しかし声のキレはまるでなく弱々しい。

顔つきはまるで企業戦士もかくやというほどに疲れ切った様子で、あの、人を問答無用で魅了する華やかさは失われ、代わりに今にも消えてしまいそうなほど表情には陰りが見て取れる。

「違いますよ。オレはただ、図書館で勉強しようと思っただけです」

「はっ……どうだか……」

「……」

「なに、怒った？」

「いえ……」

言葉を交わす中、不意に太一は彼女を、ハリネズミのようだと思った。警戒心を剥き出しに、こっちに来るな、近付いたら刺すぞ、と小さく怯《おび》える小動物。

余裕のある笑みで、太一を翻弄していた彼女の面影は微塵《みじん》もない。

「はぁ……ストーカーじゃないっていうなら、さっさと行って」

階段で膝を抱えたまま、鳴無は太一を睨みつけていた。

「あの……大丈夫ですか？」

「……なにが？」

「いいえ、なんとなく」

「……いいからさっさと行って。悲鳴上げてほんとに君のことストーカーにしてやるわよ」

こちらに視線を注ぐ瞳は半開き。よく見れば、コンシーラーでもカバーしきれないほどの濃い隈が浮いていた。心なしか、体も左右に揺れているように見受けられる。

「鳴無さん、保健室に行った方がいいと思います」

彼女とはちょっとではすまいほど色々とあった。それでも、さすがに今の彼女を放置できるほど、太一は合理的になりきれない。

「うるさい……」

「もし辛いなら、オレも付き添い、」

「うるさいって言ってるのよ！　いいから放っておい、っ」

声を上げながら勢いよく立ち上がった鳴無だったが、その体がふいに傾き、

「危ないっ！」

咄嗟に太一は彼女の体を支えた。

「ああ……最悪……」

「保健室に行きます。言いたいことがあるなら、そのあとで聞きますから」

太一は鳴無を支えながら、保健室へと向かった。

◆

人は時に自分の持つ性質と異なった行動に出ることがある。その果てに『なぜ』とわけもわからず、頭を抱えたりするのだ。

ほんのりと消毒薬のニオイに包まれた白い空間。養護教諭は留守のようだ。カーテンで内と外を区切ることができる二つのベッド。そのうちの一つに、彼女は横になった。

「正直、君に関わったのは完全に失敗だった。この前の中庭のヤツ、なんでかワタシが君にフラれたみたいな空気になったし……なんでこっちが可哀想に思われなきゃいけないのよ……も

う、最悪」

鳴無は好き勝手言いながら腕で目を覆った。太一は椅子を引き寄せ、そんな鳴無を見下ろした。正直、ここに残る必要もないのだが……なんとなく、放っておけない。

今日は、なんとなく、ばかりだと太一は思った。

「……ちょっと前から」

疲れ切ったように、鳴無は口を開いた。

「道を歩いてると、誰かが後ろを付いてくるのに気付いたわ」

「っ……それ……」

「この前の土曜日も。君と駅で待ち合わせしたあの時も、そいつはいた」

太一はハッとした。あの時、鳴無がいきなり走り出したのを思い出す。

「気が付くと、後ろを付いてきてるのよ……ずっと……ずっと……」

想像する。道を歩いている最中、背後からこちらを付けてくる人間がいる状況を……ずっと、ずっと……歩調を変えても合わせてきて、ぴったりと影のように……背中に張り付かれる。

ゾッとした。彼女の話を想像するだけで、足元から這い上がってくる怖気《おぞけ》に肌が粟立つ。

実際に付きまといを経験したことのない太一でさえ嫌悪感を抱くのだ。

現在進行形で被害を被っている彼女は、果たしてどれだけ精神を摩耗させただろう。

「その……相手は、知り合い、ですか？」

「……ええ……前にちょっとだけ、『遊んであげた』男の子……」

「そう、ですか」

もしかすると、今回の太一のような目に遭った人物なのかもしれない。だとすれば、彼女にも相応の責任があることになるが……

「あの、警察とかは？」

「今のところ実害ないしね。あとを付けられただけじゃ動いてくれないいんじゃない？　調べたけど、こういうのって実際になにか被害がないと、ほとんどなんもしてくれないいんだってさ」

「……そうですか」

「まぁ、警察も暇じゃないんでしょ。世の中の小さな面倒事、全部に対処してたら時間なんていくらあったって足りないでしょうし」

その諦めを含んだ言いよう。鳴無はこれから、どうするつもりでいるのだろうか。

「別に、どうもしない。どうしようもない」

鳴無は深く、胸から息を吐き出した。

「『ざまぁ』って、思ったでしょ？」

太一はなんとも言えない。彼女のしてきたことを思えば自業自得としか言えないのは確かだ。因果応報。そう口で言ってしまうのは簡単だ。

「……ワタシ、ちょっと寝るから……最近、眠れてないのよ」

「……はい」

鳴無は布団を頭までかぶり、これ以上は何も話すつもりはないと、太一を拒絶した。

太一はベッドから離れ、扉へと向かう。

すると、ちょうど養護教諭が戻ってきた。白衣を着た中年くらいの女性。太一の姿にビクッと顔をこわばらせたが、彼がこの場にいる事情を説明すると、

「そう、ありがとう。後は引き受けるから、君は早く帰って試験勉強を頑張りなさい」

結局、太一は図書館に寄る気がなくなり、自宅への帰路についた。

◆

翌日も、鳴無は変わらず登校してきた。

しかしその顔色は、昨日と比べても明らかに悪くなっている。

自分に何ができるのかも、何がしたいのかもわからない太一は、彼女の姿を見かけても、ただ見守ることしかできずにいた。

「――おい……おい宇津木！」

「っ」

「なにボウッとしてんだよ」

「すみません。ちょっと考え事を」

現在、太一と不破は、グループの女子たちと近所のファミレスで勉強会。さすがにこのままいくと、夏休みに全教科で補習をくらうと危惧した会田たちは、こんなギリギリもいいタイミングで「勉強教えて」と泣きついてきたわけである。

「いやぁ、でも宇津木が勉強できて助かったわ～」

「キララもそれなりに点はとれんだけどさ～」

「教科書見ればわかるっしょ、とか平気で言う奴だから頼りになんなくて～」

「は？　それが普通だろ？」

「「「普通じゃねぇよ」」」

珍しく不破がツッコミを受けている。太一は思わず苦笑。

……不破さん、実は頭いいんだ。

意外な事実に驚きつつ、太一はギャル三人を相手に勉強を教える。不破はつまらなそうにスマホをいじっていた。

「ちょいトイレ行ってくる」

と、ふいに不破が席を立つ。それを合図に「じゃあきゅうけ～い」と伊井野は机に突っ伏す。

「はいそれじゃじゃんけん大会開始～。負けたら全員のドリンクバー補充ね～」

と、なんの脈略もないまま布山が拳を突き出した。会田も伊井野も無言で拳を出し、太一は

なにがなんだかわからないまま、

「は～いじゃあ宇津木とミカの負け～。いってら～」

「てか言い出しっぺが負けるとかウケる」

「ぐぬぬぬ～……」

じゃんけんは布山の敗北。太一は手が出ず不戦敗。結果、五つのグラスを太一と布山は分けて持ち、ドリンクバーのコーナーへ向かう。

「くっそ～……次は絶対勝つし～」

布山は独特のイントネーションで喋る女子である。グループ内では比較的のんびりとした性格で、いつもちょっと気だるげな印象だ。

「ねぇ宇津木～」

「はい、なんですか？」

「勉強～、付き合ってくれてサンキューね～」

「いえ。オレも復習になってますから」

「は～……宇津木、マジでいい奴な～。おかげでキララも退学んならなくてすんだしね～」

「……そうですね」

「でもさ、宇津木も災難だったよね～。鳴無にからまれたんでしょ～？」

「ええ、まぁ」

曖昧に頷いて愛想笑いを浮かべる太一。が、布山は顎《あご》に人差し指を当ててると、

「ん～。まぁ言うて～？　宇津木が『この前みたいな男』だったら、アーシらもあんまキララにも宇津木にも同情とかしなかったかもしんないけどね～」

「え？　それって、どういう……」

「う～ん……これ言っていいかな～……まぁいっか～……実はね――」

布山から話を聞くうらに、太一は喉に引っ掛かっていた物が取れるような感覚を覚えた。

……つまり、鳴無さんは。

「……」

「ん？　あれ～？　お～い、宇津木～？」

「え？　あ、はい」

「どったの？　急に黙っちゃって～？」

「いえ、別に。すみません」

「別に謝んなくてもいいよ～。てか……溢れてね？」

「え？　あっ!?」

飲料のボタンを押したまま考え込んでしまい、グラスから飲み物が零れていた。

「も～う、なにやってんし～w」

ケラケラと笑われながらも、太一の頭にあったのは鳴無の顔であった。思いがけずに得た情

報。それは、これまでに抱いていた彼女の印象を、ガラリと変えるものであった。

同時に――

……オレは、不破さんの隣に立っても、恥ずかしくない人間になりたい。

太一は、改めてその思いを、胸に強く抱いた。ならば――

……動こう。鳴無さんを、助けるために。

◆

その夜、太一は……

「はぁっ!? あのクソ〇マがストーカー被害に遭ってるから助けるだぁ!?」

声の主《ぬし》は不破。彼女は太一のベッドで胡坐《あぐら》を掻きながら声を張り上げた。その隣で霧崎は呆れ顔である。

「宇津木さ～、それマジで言ってる? 自分があの女にされたこと、ちゃんと理解してんのか?」

「はい。もちろんです。その上で、オレはあの人を……助けようと思います」

太一の表情は至って真剣。不破を前にしても、以前のようにオドオドするのではなく、ハッキリと自分の意思を口にした。

「いや意味がわかんねぇから！　あんたマジで懲《こ》りてねえのか!?　それともマゾか!?　マゾなんだな!?　いや変態か！　ならお望み通りそのケツにキツイの一発入れてやろうか!?」

「ちょ、不破さん。落ち着いてください。オレは別に鳴無さんに未練があるとかそういうのじゃないですから」

「じゃあなんだってんだよ？」

今にも噛みついてきそうな様子の不破。

「でもさぁウッディ。ウチも、マジなんで、って感じなんだけど……」

霧崎は穏やかに問い詰めてくる。

「鳴無がストーカーされてるのって、鳴無の責任だと思うんだけど？　それを、なんでウッディが助けないといけないわけ？」

「それは……」

不破と霧崎の反応は冷ややかだった。鳴無をよく思っていないのもあるのだろうが、それ以前に、太一が彼女のために行動を起こすことを批難しているような空気があった。

「確かに、鳴無さんのしてきたことは、決して褒められたことじゃないと思います……」

それでも、

「あの人は多分、不器用なんだと思います。自分の中にある気持ちとかを、素直に表現できなくて……だから、あんな方法でしか自分の想いを表せなかったんじゃないでしょうか」

　太一は独白するように、言葉を紡ぐ。不破と霧崎は、意味がわからないといった様子で首を傾げていた。

「不破さん。多分ですけど、鳴無さんは――」

　太一は不破に、自分の考えていることを語った。

「……そんな感じです。だからこそ、オレは彼女を、助けるべきだと思ってます」

「………………すぅ～、はぁ～～っ……ああ、もうわかったよ！　好きにしろ！　ただし！

アタシもついてくからな！」

「え？」

「じゃあウチも～！」

「ええっ!?　あ、危ないですよ!?」

「だからだろうが！　なんかあったら、アタシがボコす！」

「なんか面白いものが見られそうじゃん？　こういうイベントは間近で鑑賞しなきゃ」

「ええ……」

　なんと、不破と霧崎の参加が決定してしまったのだった。

◆

テスト最終日。

ようやくの解放……しかし鳴無の顔はなんの達成感も映してはいなかった。

翌日からは終業式までテストの返却期間。授業内容も比較的楽な上、それが終われば後は夏休みを待つのみ。不破が強襲を仕掛けて来たあの日から、クラスの雰囲気は多少ヒリついていたが、今は目の前に迫った長期休暇に心を躍らせている。

なんの憂いもなく、ただ明日が来るのが待ち遠しいとはしゃぐクラスメイトたち。

しかし鳴無はそんな彼らのことなど、まるで視界に入ってはいない。夏休みなどと浮かれる気分でもない。教卓で教師が返却されたテストの解説をする中、鳴無はおもむろに窓へと視線を移す。瞳をすがめて、視界に映る校門を注視した。

今の時間、そこを通りかかる人間は少ない。ふと人影が校門を横切って行く。

鳴無はそれだけで、思わず肩を小さく震わせた……しかし通りを歩いて行ったのは、中年のサラリーマンだった。それを確認し、鳴無は「はぁ」と一息つく。

度々窓の外を見ては、落ち着きなく爪を噛み膝を揺すってしまう。

最近はずっと寝不足だ。おかげで頭が痛い。鏡に映った自分の顔色など、思わず笑ってしまったほどだ。時々吐き気まで催す始末。本当に、最悪の気分だ。

自宅での夜。窓の外に『例の人影』を認めた瞬間から、鳴無は眠れなくなった。

まともに眠ったのは、先日太一に無理やり保健室に連れていかれた時くらいか。

彼のことは気に食わないが、アレは助かった。あそこで寝ていなければ、今ごろは倒れていたかもしれない。

「はは……これが因果応報ってヤツ？　……はっ……バッカみたい……」

鳴無はこんな状況にも拘わらず、口を歪ませて嗤った。

授業は着実に進んでいく。六限目を終え、部活へ行く者、グループでたむろして無駄話に興じる者、さっさと帰宅する者たちに分かれていく。

しかし、鳴無に絡んでくる生徒はいない。だが今はそんな状況がありがたい。昼間からずっと痛む頭に、鳴無は放課後を迎えると同時に机に突っ伏した。

鳴無が次に目を開いたのは、空が燃えるような赤に染まる一八時過ぎ。教室はシンと静まり返り、人の気配は皆無だった。

「――っ!?　うそ……」

完全に寝過ごした。ちょっと仮眠を取るだけのつもりだったのに。頭の痛みは引いたが別の意味で頭の痛い状況に陥った。やはり日頃の寝不足がたたったか。

マズい……マズいマズいマズいマズいマズいマズい！

家まではどれだけ急いでも二〇分は掛かる。しかも途中には人けのない箇所も多い。迂回路はあるが、どこを通っても人通りの違いはそこまでない。

もうすぐ陽が沈む。そんなところを、ストーカー被害に遭っている中、ひとりで帰る？

「っ！」

鳴無は慌てて外へ出た。自然と鞄を握る手に力が入る。背後を何度も確認し、足早に帰路を急ぐ。心なしか、普段よりも人影が少ない気がした。薄暗くなってきた通りの街灯が、青白い光で道を照らした。

防犯のために設置された灯り。しかし今の鳴無には、なんの慰めにもなりはしない。

それどころか、

「――っ!?」

ふと、背後から伸びる影に気が付いた。息が詰まる。動悸《どうき》がする。発汗して額や掌《てのひら》が湿り気を帯びる。影がふっと揺らめいた。

瞬間、鳴無は影から逃れるように駆け出した。後ろを振り返る余裕などない。影の正体を見てしまったら動けなくなる気がした。目じりに思わず涙が滲む。

どうしてこうなる？　自分はただ……ただ！

「いや、いや……」

呼吸が乱れる。足がもつれそうになる。きっと今、自分は相当にひどい顔をしているに違いない。構うものか。そんなことを気にしてる余裕なんてとうにない。

通りを滅茶苦茶に走り抜ける。正規ルートから外れて、とにかく背後から迫ってくる影を振り切ろうと必死に足を動かした。

そして、自宅まであと半分というところまで来た。この先だ。最も人けがなくなる鬼門。団地の入り口。横手に公園が見える。昼間であれば子供連れで賑わう憩いのエリア。

しかし今は、木陰に何かが潜んでいるのではないかという、言い知れぬ恐怖だけが演出され、鳴無の恐怖をこれでもかと煽ってくる。

背後から伸びていた影は、いつの間にか見えなくなっていた。

時刻は十八時半を過ぎ……そろそろ、空に瑠璃《るり》の幕が掛かり始める。

……逃げ切れた？

鳴無は額からまぶたに垂れてくる汗を手で拭う。

ようやく後ろを振り返る。そこには誰の姿もない。思わず安堵の息を吐く。しかし喉が渇いた。この熱気の中で全力疾走。おまけに大量の発汗である。体が水分を求めていた。

視界を巡らせると、ちょうど公園の入り口に自動販売機があった。

あまりのんびりはしていられないが、喉の渇きも無視できない。このままではストレスの前に熱中症で倒れてしまいそうだ。

自販機の上部には最近人気のアニメとのコラボ商品の展開を告知するポップ。緊迫状態の中、そんなものでも精神的負荷の軽減には役立ってくれる。

硬貨を投入しスポーツ飲料のボタンに手を伸ばす。

と――

ジャリ……

「え？」

小さな、靴が地面をこするような音がした。それは、鳴無が先ほど影を撒《ま》いたと思ったのとは〝逆の方角〟……自宅へと続く道の方から……

おもむろにそちらへ視線を向ける。

すると、街灯の下。そこにいた人物の顔を認めた瞬間、鳴無は凍り付いた。

「やぁ、こんばんは。久しぶりだね、亜衣梨」

街灯の下に立っていたのは、くせっ毛を脱色した髪、爽やかな笑みを浮かべた、同い年の男子だった。全身真っ黒のコーディネート。黒のシャツ、黒のパンツ、黒のスニーカー……まるで、夜に溶け込むかのような出で立ちをした少年。

「なん、で……」

鳴無の声は震えていた。来た道を確認するように、視線だけで背後を確認し、すぐに前に戻す。少年は相変わらず笑みを湛えたまま。鳴無はじりじりと後退。しかし、

「っ!?」

ほとんど予備動作もなく、いきなり少年の手が鳴無の手首を掴んだ。

「ああ……亜衣梨、やっと君とまた話せる」

「ちょっ、いや、放しっ……むぅっ!?」

声を上げようとした彼女の口を、少年の手が塞ぐ。

……なんで、なんでこっちから、このストーカー野郎が現れるのよ!?

そう。目の前にいるこの少年こそ、今日までずっと鳴無を付け回していた、ストーカーその人である。

「俺さ、君と別れてからずっと考えたんだよ。なにが悪かったのか、どうすれば君を繋ぎとめることができたのかってさ。そもそも、なんで俺がフラれたのかさ」

「っ～～～！　～～～～～～～っ！」

少年の拘束を振りほどこうと抗う。しかし鍛えてもいない彼女が腕力で敵うはずもなく。

「けっこう真面目に考えたんだぜ？　でもやっぱり答えとか出ないし、納得もできなかったわけでさ……俺『別に好きな奴もいたんだぜ』？　でも亜衣梨から声かけてきたんじゃん？　なのに付き合ってみたら数日で、飽きた、とか、意味わかんないじゃん？　なぁ？」

「っ！　っ！」

笑みの下に濁った瞳が覗いている。それはまるで狂気の色。薄闇の夕暮れ時、漏れる灯りに照らされた少年の形容しがたい表情に、鳴無の瞳に涙が溜まる。

……いや……いやいやいやいやいやいや!!

これからなにをされるのか。少年は公園の中に鳴無を連れ込もうとする。抵抗しようにも、掴まれた痛みと恐怖に、足がうまく踏ん張ってくれない。

通りと公園の境界線。これを越えた瞬間、鳴無の中で何かが終わる気がした。

……助けて。

口を塞がれて声が出ない。それでも、鳴無は叫ばずにはいられなかった。

……誰でもいいから、助けて！

瞬間、

「――おとなしさぁぁぁぁん!!」

「「っ!?」」

突如、鼓膜をビンと揺さぶるような声が響いた。鳴無と少年は同時に動きを止め、音の出所を見遣る。

すると、

「ひぃっ!?」

喉を引き攣らせたのは、少年だった。

紅に染まった空、沈みかけの夕日をバックに、こちらへと全速力で駆け寄ってくる影があった。それを一言で表現するのなら――『鬼』である。

鬼気迫る表情、眉間に寄った皺、口元から漏れ出る荒い吐息、ギラギラと逆光の中でも鋭く光るつり上がったナイフのような三白眼。

「ちょあぁぁぁぁぁぁぁぁっ！」

まるでやけくそ気味な叫び声を上げて鬼が跳んだ。その行く先にはストーカーの少年。

「っ!? ちょっと、まっ!? ぎゃあ!!」

少年は咄嗟に鳴無を手放すも、鬼のタックルをまともに喰らい、もろとも地面に体を投げ出す格好になった。

「ぐぇ!」

下敷きになってヒキガエルみたいな悲鳴を上げるストーカー。

「えっ? う、宇津木君!?」

少年にタックルを決めた影の正体を把握した瞬間、彼女はまなじりが裂けてしまいそうなほどに目を見開いた。

「鳴無さん、大丈夫ですか!?」

ストーカーに覆い被さったまま声を上げたのは、紛れもなく……宇津木太一であった。

しかも、状況は休む間もなく、次なる衝撃を鳴無に与えてくる。

「――おおいこらっ、宇津木!! てめぇ一人で先に行くんじゃねぇっつの!!」

「え……えっ? な、なんで……?」

鳴無の後方、そこから更に別の人物までもがこの場に合流してきたのだ。

「なんで、きらりんが……」

鳴無は目を白黒させることしかできなかった。ぼけっとした表情で不破を見やる。薄闇の中にあっても存在感を放つ金の髪。怜悧そうな瞳がおもむろに鳴無へと向けられた。

途端に彼女は「ふん」と鼻を鳴らし、鳴無の脇をすり抜けてストーカーに近づいていく。

「っ……きらりん！　危ないって！」

不破の腕を掴んだ。しかし彼女は首だけで振り返り、その手を振りほどいてしまう。

「別に問題ねぇから。なんかしてくんならボッコボコにしてやるだけだし」

などと拳を握り、ブンブン振り下ろしてみせた不破。鳴無はそれ以上に制止することもできず、不破を見送る。

視界の脇では、ストーカー行為を繰り返していた少年を宇津木が馬乗りになって押さえている……が、

「ふ、不破さん!?　この後ってどうしましょう!?」

太一は近づいてくる不破を振り返り、なにやら情けないことを叫んでいた。

しかし不破は「とりあずそのまま押さえとけ～」と軽い調子。ストーカー行為に走るような相手を前にしているとは思えない豪胆っぷり。

「こんのっ――はなせ！」

「うおぁ!?」

ストーカーは太一を払い除《の》け、勢いよく立ち上がると「なんだお前ら!?」と声を張り上げた。

その瞬間、不破とストーカーの視線がかち合い、

「は？　お前もしかして馬場《ばば》か？」

「キ、キララ!?」

「おいおい、鳴無のストーカーってお前かよ」

「っ」

ストーカー男――もとい、馬場は苦虫を噛み潰したような顔になる。

「え？　不破さん、もしかして知り合いなんですか？」

「おお。一年の終わり頃か？　こいつとしばらくつるんでたんだよ？」

どうやら不破のグループと彼の属する男子グループとで仲が良かったらしい。

「んで、二年に上がった時、ここにいる鳴無に絡まれてから、不登校になってたんだけどよ……お前、ガッコも来ねぇで鳴無のストーカーとか……何してんだよ？」

不破の話を聞いて、太一は思い至る。そうか、彼が。今年の四月に、不破と鳴無が衝突する切っ掛けになった男子生徒。そして――

「うっせぇ。お前には関係ねぇだろ。いいから退《ど》けよ。俺はそこの女に用があんだ」

と、馬場は不破を押し退《の》けて、その後ろの鳴無に近づこうとする。が、

「あん？　んだてめぇ」

不破と馬場の間に、太一は立ち塞がった。

「あなたが、馬場さん、なんですね」

「だ、だからどうしたよ？」

　太一からジッと、その切れ味鋭そうな眼光で見つめられ、たじろぐ馬場。

「聞きました……あなたは鳴無さんだけじゃなく――不破さんのことも、ストーカーしてたって」

「っ!?」

　途端、馬場の警戒心が一気に上がった。しかしその反応は、あまりにもわかりやすい。不破も、腰に手を当てて馬場を睨んでいる。

「な、なんで……？」

「一年んときのダチが、お前のスマホん中見た時、アタシの『隠し撮り』を見つけたんだとよ」

　さすがに気持ち悪く、その友人はすぐに馬場と距離を取ったそうだ。

「マジで引くわ……鳴無だけならまだしも、アタシまでストーカーしてたのかよ」

　不破さん不破さん。そこはせめて鳴無さんも庇ってあげましょうよ……

「鳴無さんは、不破さんがストーカー被害に遭ってるのを知った。そこで、あなたの興味を自分に引き寄せて、不破さんから距離を取らせた……そして、あなたは捨てられた」

「ちょ、ちょっと宇津木君？　なにを――」

　鳴無が動揺の声を上げたが、太一は構わず、

「鳴無さんが不破さんから奪った……遠ざけた相手は、皆何かしら不破さんに敵意や、執着を見せるような人たちだったみたいです、あなたのような。彼女は、不破さんのために、そういった相手を自分で引き受けていたんです」

「待って待って待って！　ストップストップストップ!!」

「一見、鳴無さんは不破さんに敵意があるようにも見えます。でも逆なんです。鳴無さんは、たぶんオレと一緒で……不破さんのことが、大好きなんです」

「ぶふっ!?」

「は……？」

瞬間、不破は盛大に吹き出して頬を赤くし、馬場は呆気に取られたように、それぞれの視線が鳴無へと注がれた。鳴無は顔を覆って、街灯の下でもわかるくらいに肌を真っ赤にしてその場に蹲《うずくま》ってしまった。

「じゃあ、なにか？　初めから俺のことなんか、眼中になかったってか？」

馬場の瞳に、暗い影が落ちる。

「ふっざけんなよこのクソ〇マ！」

直後、馬場は太一を突き飛ばし、鳴無に迫ろうとする。が、そこに不破が立ち、

「退けキララ！　その女、滅茶苦茶にしてやる！　邪魔すんならお前もまとめて[redacted]《卑猥できったない言葉》すぞ！」

自分のしてきたことを棚に上げて、激高する馬場。不破は拳を握り、馬場を迎え撃とうとするが――

ガシッ……

「あん？　って、おまっ」

「馬場さん」

太一が彼の肩を掴み、振り向いた彼の顔面に、

「ぶっ!?」

頭突きをお見舞いした。

「いっ……この――ヒィッ!?」

「やめましょう馬場さん？　これ以上やったら、もう取り返しつかないですよ？」

勢いが強すぎたのか、額からタラ～っと流血する太一。そのヤ〇ザじみた顔つきと相まって、まさしく最恐の面がまえになっていた。

「ねぇ？　やめましょう？　ね？」

馬場を振り向かせ、肩をしっかりと両手で掴み、血の滴る極悪フェイスで迫る。

「あ、ぁぁ……」

ビクビクと、痙攣《けいれん》しているのかと思うほどにバイブレーションする馬場。

しかし、次の瞬間、

「馬場～……てめぇ、ストーカー野郎の分際で調子のりやがって～……いっぺん……天国見てこいや!!」

「――ぎゃひぃぃぃぃぃぃぃぃぃぃぃぃぃぃぃっ!?」

不破は馬場の背後から、彼の魂ともいえる急所に向かって、足を容赦なく振り上げた。その時、夜の公園に、一人の男の切実かつ、強烈なきったない悲鳴が上がったという……

◆

静かになった公園。

相手の急所に攻撃を加えた不破は『次にアタシらの前に姿見せてみろ。今度は……潰す』と不破は馬場の髪を鷲掴みにして持ち上げると、顔を寄せて肝を完全に萎縮させるドスの利いた声を吐いた。もはや姐《あね》さんの貫禄。黒の着物とか着せたらとても似合いそうだ。

キ○タマを押さえてガッツリ冷や汗の少年は、不破に脅され、更には自分を見下ろすやたらと血塗れの上に眼光鋭い男の存在に、完全に戦意喪失。

心をポッキリついでに股間も蹴り折られて逃げ出した――それがつい先ほどの出来事。

――そして現在。

「いやぁ♪　なんかすっごいことんなってね？　おかげでけっこう面白い写真撮れたしw」

と、さっきまでいなかったはずの霧崎が、スマホ片手にニヤニヤしていた。

「マイ、足おっせぇ。つか、いたなら手伝えし。なに一人で隠れて撮影会とかしてんの？」

「証拠写真とか動画とか必要じゃん？　あのバカがまたなんかしてきた時のためにさ」

「あんだけやられてまた来るかよ」

「さぁ……でも用心だけはしとくべきじゃん？　あの手の輩って、自分が悪いことしてる、なんて自覚なんかないんだからさ……」

そう語った霧崎の目は、口元に浮かぶ笑みとは対照的に、全然笑っていなかった。不破の放つ赤い怒気とは違う、黒く滲むような凄みに、太一は思わず息を呑む。

「まぁでもさ。これでちょっとは落ち着くんじゃない？」

「だといいんですけどね……」

「つか、なんか脚に変な感触残ってる気がして気分最悪なんだけど。速攻で風呂入りてぇ」

「あはは……」

ストーカーも撃退し和やかムードの太一たちである。が、

「もう、やだ……」

鳴無は公園のベンチで顔を覆っていた。

「鳴無さん」

「……なによ」

「鳴無さんが不破さんを挑発するみたいな態度を取ってたのって、不破さんが負い目を感じないように、わざとだったんじゃないのかな、って……あの、間違ってたらすみません」

「ねぇ、君はなに？　ワタシを公開処刑にでもしたいわけ？」

指の隙間からジットリとした視線を向けられる。と、二人の傍に不破が、

「へぇ……ほぉ……ふ～ん……」

なんとも意地の悪い笑みを浮かべて近づいてきた。そして彼女は、鳴無の手を払い除けると、その顔を覗き込み、

「お前、そんなにアタシのこと好きなんだな～？　う～ん？」

「ち、ちがっ……ワ、ワタシは……～～～～～～～～～～～～っ」

鳴無は下唇を噛み、スカートを両手で握りしめ、顔から耳、首筋、指の先まで真っ赤に染める。更にはちょっと涙目だ。

「確定じゃんｗ。マジでウケるんだけどｗ」

不破に自分の感情が露呈し、小鹿のごとく憐れに震える鳴無。

「あの、鳴無さん」

「……な、なによ」

太一に声を掛けられ、鳴無は涙目で彼を睨みつける。

「えと……その、なんか、すみません」

「～～～～～～～～～～～～～～～～～っっっ!!」

太一の謝罪が決定打となったのか、鳴無はギュリッと靴底をすり減らす勢いで立ち上がると、脱兎のごとくその場から逃走。

「あっ、鳴無さん!?」

猛烈な勢いで遠ざかっていく鳴無の背中を、三対の瞳は、ただただ唖然と見送った。

が、不意に不破と霧崎が太一の肩にそれぞれ手を乗せると、

「トドメだな」

「トドメさしたね」

「えっ!?」

エピローグ ✖ 所詮リアルはこんなもんである

翌日——

あと数日で終業式を迎える校内はソワソワと落ち着きがない。テストの結果もほぼ出揃った。太一は前回よりもしっかりと下がった点数に小さく意気消沈。

「あ」

「あ」

が、二時限目の休み時間に、太一と鳴無は思わず廊下でバッティング。

彼女がストーカーに襲われかけていた所に飛び込んでしっちゃかめっちゃかやらかしたのはまだ昨日の話。しかし数日前と比べると、鳴無の血色は随分とよくなったような気がしないでもない。

「お、おはようございま～す、失礼しま～す」

挨拶と同時に彼女の脇をすり抜ける。

しかし、
ガシッ！

「ひっ!?」

肩をがっしりと捉えられ、ギリギリと食い込んでくる白い指が視界に入る。太一は小さく悲鳴を上げた。ギギギギと首だけで後ろを振り向くと、

「宇津木く〜ん」

いまだ目の下にうっすらとクマを浮かべる鳴無が、ニッコリと笑みを浮かべていた。

しかも、開かれた瞼の奥に覗く瞳はハイライトが消えうせ、まるで底なしの虚のような不気味な色を湛えていた。

「ちょっとお話ししましょうか〜?」

「い、いえ……もうすぐ授業も始まりますし」

「はい?」

「行かせていただきます!」

不破といい矢井田といい鳴無といい……なぜみんなして太一を連れ出そうとするのだろう。

はてさて連行されたのは校舎の西側にある例の空き教室であった。

……オレ、何されるんだろう。

闘犬みたいな顔してチワワみたいにプルプル震える太一。

「入って」

太一に先を促す鳴無。中に入ると、背後で扉が閉まりガチャと鍵が下ろされる音がした。

……え？

鍵を掛けられた。いよいよ身の危険を感じてビックビクの太一。

鳴無は机の山から椅子を二脚引っ張り出すと、カーテンの閉め切られた窓際に並べて腰を下ろした。

「座ったら」

椅子と椅子の距離は目測で二メートル弱。遠すぎず近すぎず、絶妙に他人行儀な距離感。

太一は鳴無に言われるまま椅子に座った。直後、授業開始の鐘が鳴る。またしても授業をサボタージュしてしまった。不破たちと関わってからずっとこんな感じである。

そろそろ内申点に影響が出てきそうで気が気じゃない。

「………」

しばらく無言。鳴無も呼び出したわりに口を固く閉ざして爪を弄っている。

なんとなく彼女は爪を気にするような素振りが多い気がした。

授業が始まって一〇分ほどが過ぎた頃。沈黙に耐えられなくなった太一が声を掛ける。

「あ、あの……」

「ねぇ宇津木君」

「は、はい」

まるで計っていたのかのように、鳴無は太一の声に被せてきた。

「ワタシって、可愛いわよね？」

「え？」

「どうなの？　可愛い？　可愛くない？」

それは容姿のことか、あるいは内面か。前者なら誰もが首を縦に振り、後者ならなんとも形容しがたい表情を浮かべ、顔を逸らすに違いない。

「その……可愛い、と思います」

「そうね。ワタシ、可愛いのよ。それにスタイルだって自信あるし」

鳴無は椅子に片脚を上げて腕で抱え込む。膝に頭を乗せると、どこか気だるげに太一を見遣った。思わずドキリとさせられる。今の鳴無はどこか病人めいたやつれ方をしているが、それでも損なわれない確かな魅力がある。

サラリとけぶるような黒の髪、深く、吸い込まれそうな黒い瞳、西洋人形を彷彿とさせるシャープな輪郭に、日本人形のような柔らかさが同居する面立ち。

出会った時から、太一は鳴無に女を意識せずにはいられない。

「だから、ワタシって昔からモテたのよ。色んな男の子から告白されてきたし」

「は、はぁ……」

太一は一体なにを聞かされているのだろうか。自慢話の類なら弁護士を呼ぶ準備をしなくてはならないのだが。

こちとら告白どころか友達だって最近までいなかったパーフェクトボッチ陰キャコミュ障である。喧嘩を売ってるとしか思えない。陰キャの心を弄ぶ罪は重いぞ？

「まぁでも、好きでもない男が毎回毎回くるのって本当に疲れるのよ。こっちはその気ないのに、グイグイくるのも大勢いて、そのくせ断り続けてると、今度は女子が『調子に乗ってる』とか、面倒なことを言い出すの。ワタシ何か悪いことした？　してないよね？」

「そ、そうですね」

「そうなのよ。ワタシ悪くないのよ。でもちょっと前のワタシは、本気で自分が悪いって思ってた。相手の男の人を好きになれない自分が悪い、悪目立ちしないようにうまく立ち回れない自分が悪い……全部、悪いのは自分、ってね」

「それは……」

なんとなく、わかるような気がした。自分に責任がないことでも、周りの同調圧力とか空気感とかが『そうなんだ』と定めてしまうと、まるで本当に責任があるかのように、錯覚してしまう。

あるいは……

「そんな空気とか関係なく、ワタシは悪くない、って言えてたら、なにか違ってたのかな、って」

自分で自分を助けようとしないことが、一番無責任なのかもしれない。

だが、誰もが自分を肯定できるわけじゃない。

不破と知り合って、太一の中に変化が現れた今でも、自己の全てに肯定的にはなれない。

「ワタシ、親と仲良くないんだ。自分勝手な癖に世間体ばかりはいっちょ前に気にしぃな人たちでね。だから学校のことなんか話せないし、抱え込むしかなかったわけ。とにかく自分を殺してコロしてころして……中学を卒業して高校に入った直後にまた呼び出しを受けたのよ。いつものヤツ……でもいつもより、ちょっときついヤツ」

呼び出されたのは校舎裏。人けもなく、秘密の話をするにはうってつけ。

思春期とか羞恥心の塊みたいな高校生にとっては、いい告白スポットである。

同時に、なにかあってもすぐに助けを呼べないデンジャラスゾーンでもある。

「まぁしつこい相手に絡まれてね。何度断っても自己アピールがすごいすごい。何の根拠もない自信とか自分語りとか今思い出したら笑えるレベル。でも、当時はあの押しが怖くて、ちっちゃい女の子みたいに震えてた……そしたらさ」

『――ぷはっ……やっべ。なんかクソだっせぇ現場見ちゃったんだけど！』

「いきなりゲラゲラ笑いながら、こっちを指さしてくる生徒がいてね。告白してきた相手がブチギレちゃったのよ」

話を聞きながら、その相手が誰なのかはすぐにわかった。話を聞く限り、どうやら彼女の方が先にその場にいたらしい。大方授業をボイコットでもしていたのだろう。

そこに鳴無たちが後からやってきて、事の顛末を見届けていた不破が相手の男の言動に堪えきれず、指をさして笑った、そんなところだろう。

しかしそんなことをすれば当然……

『はぁ!?　てめぇ！　なに笑ってやがんだこのクソ○マ！』

『あ？　うっざ。断られてんのにいつまでもネッチネチ執着してる野郎とかマジ論外。男以前に人間としてナシだわｗｗ』

『て、め……調子乗ってんじゃねぇぞ！』

こうなるのは必然の流れである。

「って感じで喧嘩が始まっちゃってね」

「ええっ!?　だ、大丈夫だったんですか!?」

「股間に一発キツイの入れた後に顔面蹴飛ばしてた。相手の人、涙目で逃げてったわ」

「お、おおう……」

それはなんとも……しかし急所に一撃入れているとはいえ、体が出来上がっている男子を下してしまうとは。不破は随分と喧嘩慣れしているようである。

太一は改めて、不破を敵に回すことだけはすまいと心に誓った。

「それからよ。彼女のことをつい目で追うようになってた」

相手に媚びず、我が物顔で校内を闊歩し、何者にも縛られない。

他人の顔色を窺って、いつも小さく、誰かに縛られ続けていた自分とはまるで真逆……不破満天は鳴無にとって『理想的なカッコいい女性』だった。

「憧れて、真似して、そしたらいつの間にか、スッキリしてた……」

鳴無は服装を思いっ切り着崩し、ピアスを開け……形からギャルとなり、いつの間にか自分のしたいように行動する大胆さを身につけた。

「きらりんはワタシの理想なの……」

汚い奴が傍にいていい人じゃない、変な奴が彼女の傍にいるなんて耐えられない。

故に鳴無は、たとえ不破から敵対視されても……彼女に近づく不逞の輩を、徹底的に排除してきたのだ。

「まぁ、いつかは昨日の彼みたいに、ワタシを恨んで何かしてくる輩が出てくるんじゃないかとは思ってた。でも、いざそうなってみると、全然なんにもできなかった。近付いたら何をされるかわからない。怖い……それで、結局はまた、助けられちゃった。きらりんと……よりにもよって、君に」

鳴無が感情の読めない瞳で太一を見つめてくる。怒っているでもなく、嘆いているでもない、不可思議な色を宿した瞳。

「しかも、ワタシの気持ちまで全部きらりんの前でぶちまけてくれて……この責任、どう取ってもらおうかしら」

「せ、責任って」

「当然でしょ。ワタシはずっと、きらりんに気持ちを隠して、彼女に悪い虫がつかないように動いてたのに。君のせいで、全部台無しだわ」

「オ、オレにどうしろってんですか……」

「決まってるじゃない」

そう言うと鳴無は、たんと椅子から降りて、太一の正面に立って顔を寄せると、

「ワタシが君にくっついて、きらりんに寄りつく害虫を徹底的に排除するのよ。現状、君が近くにいれば下手な男は寄ってこられないだろうし……君自身がきらりんに変な気が起きないよう、監視もできる……君には、そうだなぁ。取り敢えず、ワタシときらりんの仲がうまくいくように取り計らってもらおうかな。いいよね？」

「ちょっ、ちょっと待ってください！　なんでオレがそんなこと！」

「悪いけど、拒否権は、ないから」

「え？」

と、鳴無はおもむろに太一の手を取ると、

「っ!?」

勢いよく腕を引き、そのまま床へと倒れ込む。

以前の、この教室で太一が鳴無に覆い被さったシーンの再現。しかし今回は、

「んっ――」

鳴無は掴んでいた太一の手を取り、無理やり自分の胸へと重ねた。

「っっっ！？！？！？！？」

思わず掌に返ってくる想像以上に柔らかい感触。太一は頭が真っ白になりながら慌てて立ち上がった。

「な、ななな!?　なにしてるんですか鳴無さん!?」

「うん？　なにって、君を脅す材料を作ってたのよ」

「へ？」

脅す？　何を言われたのかわからず、太一はその場でポカンと立ち尽くす。鳴無はゆっくりと立ち上がると、先程まで座っていた椅子、その後ろのカーテンの隙間に手を伸ばし、

「っ!?」

「ふふ……」

その手には、スマホが握られていた。いつの間に仕込んだのか。画面には、先ほど二人で倒れ込み、太一が鳴無の胸に手を重ねる瞬間までが動画でしっかりと記録されていた。

「これ、うまく編集すれば、ワタシが君に襲われたみたいに演出できるわよ」

「ちょっ!?」

「もしもそんな映像とか画像なんかが出回ったら、君、さすがにまずいかもねぇ……」

「ななな……っ！」

「ふふ。でも安心して。君がワタシに協力してくれれば、この映像はワタシのスマホでずっと眠り続けるだけ。それに……」

と、鳴無はすっと太一の横を通り過ぎると、彼の耳元で小さく、

「ちゃんと君のことも、可愛がってあげるから♪」

ゾワリとするような艶やかな声が、太一の鼓膜へと入り込んできた。太一は咄嗟に振り返り、教室の扉を開く彼女の背を見つめる。

教室を出ていく瞬間、鳴無は流し見るように太一を見遣り、

「ふふ……またね、宇津木君」

と、妙に耳に残る甘い囁きを残し、姿を消した。

……こ、こわっ！　女のひと、こわっ!!

人のいなくなった教室で、太一は不破とはまた違った女性の恐ろしさを、まざまざと思い知らされることになった。

◆

――夕方。

宇津木家のリビング。居候中の不破、そしていつものように霧崎が遊びに来ている中。

「――で、なんでこいつがここにいんだよっ!?」

「ええ～それはないでしょきらり～ん。ワタシ、ずっときらりんのためにこの身を犠牲にして、変な男とかいや～な女たちの慰み者になってきたのに～」

宇津木家のリビングには、鳴無の姿もあった。

「誰も頼んでねぇよ！　てか宇津木！　マジなんでこいつ家に連れてきてんだよ!?」

「あ～……それは……」

「ワタシ、実はこの前の件で宇津木君のこと見直しちゃって～、酷いことしちゃったのは謝るから仲直りして♪　ってお願いしたの。で、許してくれたってわけ。じゃあ遊びに行ってもいい、ってお願いしちゃった」

「んんっ!?」

鳴無は太一の腕を取り、ぎゅっと抱き寄せる。当然、太一の腕は彼女のたわわなものの内側へと吸い込まれていくことに。

「〝じゃあ〟の繋がりが意味わかんねぇよ！　つか宇津木も引っ付かれてデレデレしてんな！」

「い、いえオレは別に」

「う～つぎ君♪」

「っ!?」

不破からの威圧的な視線に、鳴無の手を振りほどこうとする。しかし彼女は抱えた太一の腕の皮膚をギリッと捻り『余計な抵抗をするな』とにこやかに圧を掛けてくる。

「それに、もうワタシのきらりんへの気持ちは知られちゃったわけだし♪ それならいっそ、これまでのことは水に流して、お互いに仲良くしていったほうがいいかな、ってね♪」

「はぁ!? ふざけんな！ 誰がてめぇなんかと！」

「そう言わずに～。皆で仲良くしましょうよ～。ね？」

「はっ？ っておいこらっ！」

鳴無は太一の腕を抱えたまま、不破の腕も搦《から》め捕って強引にくっつく。

「てんめ、このっ！ はなせっ！」

「あははっ、きらりん照れてる～」

「うざっ！ お前マジでウザ！ おい宇津木！ この女今すぐ追い出せ！」

「ふふ。宇津木君はそんなひどいことしないもんねぇ～？ だって、ワタシのこと身を挺《てい》して助けてくれたわけだし」

状況はかなりカオス。珍しく霧崎が状況に置いてけぼりをくらい唖然としている。

「ナニコレ？」

……そんなんオレが聞きたいですよ!!

マジでなんなんだこの状況は。なぜ自分は鳴無をストーカーの被害から助けたにも拘わらずこんな目に遭っているのか。

「き〜ら〜り〜ん♪」

「だぁ！　くっついてくんな変態女がっ!!」

騒がしくリビングでじゃれつく二人を前に、太一の口からため息が出た。

とはいえ……最近はこういう騒がしいのも、まぁ悪くないかな、と思えるようになってきた
……

「てめ、いい加減にしねぇとぶっ飛ばすぞ!!」

「あはっ、きらりんがキレた〜」

やっぱり勘違いかもしれない。

リビングで追いかけっこが始まった。狭いんだからやめてくれ。

どうやら太一の波乱は、まだ終わってくれる気はないようだ。

……いつか、オレもこのノリについていけるようになるのかな。

遠かったはずの日常を間近に感じて、太一はそんなことを思うのだった。

あとがき

お久しぶりです。二〇二三年五月の一巻発売から半年以上……大変お待たせしました。

皆様、本日はどのようにお過ごしでしょうか？　もうすぐクリスマスですね。それともすでに年末年始の長期休暇に思いを馳せている頃でしょうか？

学校通いをしている生徒さんや学生さんはイベント目白押しでウキウキしてますか？　働かれている方々は師走で仕事に忙殺されてさぞ休みを切実に願っていることでしょう。

そんな中で、この作品が少しでも読者様の娯楽に繋がったのであれば幸いです。

まぁ……ワタクシめはそんなお休みとかあんま関係ない生活をしてるんですけどね！

さて、柚月先生にめっちゃエロくデザインしていただいた新キャラも出てきて、太一もちょっとだけ前進して（してるよね？）、ラブコメっぽいこともして、結局は優しくない終わり方をして……でもこれでいいんですよ。この作品は。

ここから先が見たい、という方、どうぞ気楽に本作を応援してやってくださいませ。では！

コミカライズだってよ？
シャキッとしろよ宇津木！
に、2月13日発売の『コミックライドアドバンス』
にて新連載スタートです――!!
全国のムチムチギャル好きに捧ぐ
エロ漫画界の超新星
「くろニャン先生」が描く
ヒロインの揺れっぷりを
是非ご堪能ください
コミックライド AdV アドバンス

ファンレター、作品のご感想をお待ちしています!

【宛先】
〒104-0041
東京都中央区新富1-3-7　ヨドコウビル
株式会社マイクロマガジン社
GCN文庫編集部

らいと先生 係
柚月ひむか先生 係

本書はWEBに掲載されていた物語を、加筆修正のうえ文庫化したものです。
この物語はフィクションであり、実在の人物、団体、地名などとは一切関係ありません。

GCN文庫

毎日《まいにち》家《いえ》に来《く》るギャルが距離感《きょりかん》ゼロでも優《やさ》しくない2

2023年12月25日　初版発行

著者　らいと
イラスト　柚月《ゆづき》ひむか
発行人　子安喜美子
装丁　AFTERGLOW
DTP／校閲　株式会社鷗来堂
印刷所　株式会社エデュプレス
発行　株式会社マイクロマガジン社
〒104-0041　東京都中央区新富1-3-7　ヨドコウビル
［販売部］TEL 03-3206-1641／FAX 03-3551-1208
［編集部］TEL 03-3551-9563／FAX 03-3551-9565
https://micromagazine.co.jp/

ISBN978-4-86716-507-2 C0193

「美人でお金持ちの彼女が欲しい」と言ったら、ワケあり女子がやってきた件。
モンスターの肉を食っていたら王位に就いた件
クラスメイトの元アイドルが、とにかく挙動不審なんです。
魔女と傭兵
恋も青春も、ファンタジーも。
GCN文庫
最新情報はコチラ!
https://gcnovels.jp/gcnb
放課後の迷宮冒険者 ～日本と異世界を行き来できるようになった僕はレベルアップに勤しみます～
「人斬り」少女、公爵令嬢の護衛になる
世界で一番『可愛い』雨宮さん、二番目は俺。
ハブられルーン使いの異世界冒険譚
'23年12月発売!
毎月20日頃発売